茶賦 註解

茶賦 註解

다 부 주 해

한재 이목 지음 ─ 류건집 주해

이른아침

▲ 한재당(寒齋堂)

우리나라 최초의 차에 관한 노래 『다부』를 남긴 한재 이목 선생의 사당과 묘가 있는 곳으로, 김포시 하성면 가금리 산 76-1번지에 있다.

한재다정(寒齋茶亭) ▶

한재 이목 선생의 업적을 기리는 차인(茶人)들의 마음을 담아 세운 다정. 경기도와 김포시의 지원을 받아 건립되어 왼편에 다정 건립 기념비가 세워져 있다. 인근에는 작은 차밭이 조성되어 있다.

한재의 사당, 정간사(貞簡祠) ▶
한재의 묘소 아래에 자리 잡은 정간사 안에는
한재의 위패가 봉안되어 있다.

▲ 한재 묘소
1498년(연산 4), 한재 이목은 무오사화로 스물여덟의 나이에 참형을 당했다.

教旨
贈嘉善大夫吏曹叅判兼弘
文館提學藝文館提學同知
春秋館成均館事李穆贈資
憲大夫吏曹判書兼知經筵
義禁府事弘文館大提學藝
文館大提學知春秋館成均
館事世子左賓客五衛都摠
府都摠管者
康熙五十六年八月十六日
判下
事上言
完新代之除耳於大戰禍及泉遠依丁燉倒正二品贈職
嘗問名節為士林之所推重而不幸遭慜於戊午奸

▲ 1706년(숙종 32), 정2품의 관직을 추증받은 교지다.

教旨
贈資憲大夫吏曹判書
兼知經筵義禁府事弘
文館大提學藝文館大
提學知春秋館成均館
事世子左賓客五衛都
摠府都摠管行進勇校
尉永安南道兵馬評事
李穆贈諡貞簡公者
康熙六十一年七月三十日

▲ 1718년(숙종 44), 한재의 충절을 기려 '정간(貞簡)'이란 시호를 내린 교지다.

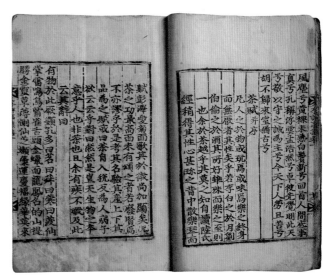

▲『이평사집(李評事集)』
1585년(선조 18), 한재의 첫 문집이 간행되었다. 이 안에『다부』가 수록되어 있다.

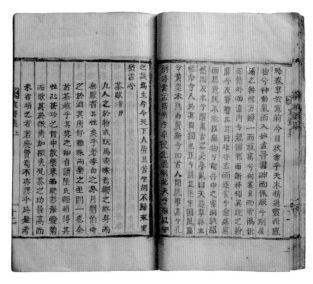

▲『한재집(寒齋集)』
1914년, 13세손 이존원이 보간한 문집으로 역시『다부』가 수록되어 있다.

| 머리말 |

우리 차계(茶界) 사람들 중에는 차를 수십 년 이상 마신 사람들도 선인들의 차 생활과 정신을 올바로 이해하지 못하고, 다만 겉치레에 치우친 행다(行茶)에만 힘쓰고 있다. 그래서 문헌적 근거도 확실치 않은 지극히 미세하고 기교적인 동작과 절차를 삽입하여, 자기류(自己流)의 계파(系派)를 만들고 단체를 조직하여 세력 확장에 여념이 없는 실정이다.

인간생활의 모두가 그렇듯이 차에도 그 외형과 내면이 있어서 밖으로 갖추어야 할 절차가 있고, 안으로 채워야 할 철학이 있다. 그러나 어디까지나 밖은 안을 위해서 존재하는 것일 뿐인데, 우리 현실은 주객이 전도된 상태다. 더구나 우리 선인들의 음다생활(飮茶生活)과 정신에 이르러서는 다시(茶詩) 몇 줄로 이야기할 뿐, 깊은 연구나 관심에서 거의 멀어져 있다.

이미 많이 논의된 『기다(記茶)』나 『동다송(東茶頌)』 또는 『다신전(茶神傳)』도 물론 중요한 차 문헌이지만, 한재(寒齋) 이목(李穆, 1471~1498) 선생의 『다부(茶賦)』는 또 다른 의미에서 더 기억해야 할 명저(名著)임이 틀림없다. 저술(著述)의 시대적 배경이나 내용도 의미 깊지만 특히 유교 철학이념이 지배하던 시대에, 그 중심에 선 유학자가 직접 쓴 다서(茶書)이기 때문이다.

내 젊은 날 강단에서 후학들과 바쁘게 지낼 때, 여가에 우연히 시작한 차 생활이 호기심으로 발전하여 차에 관계된 것이라면 무엇이든 눈여겨보고 다서들도 가리지 않고 읽었다. 그러나 아직도 그 내용에 의문이 풀리지 않고 이해되지 않는 부분도 남아 있어, 이 기록들에 대한 정확한 이해와 설명이 필요했다. 하지만 몇 안 되는 기존의 우리 다서들에서도 그 기대한 만큼의 해답을 얻을 수 없었다.

지금 우리 다학(茶學)의 연구단계, 특히 우리 다사(茶史)와 우리 차에 담긴 정신에 대한 연구는 지극히 초보적인 수준일 뿐만 아니라, 그 연구를 위한 제도나 여건이 미비하여 외풍(外風)에 흔들리며 제자리를 쉽게 찾지 못하고 있다. 거기에 이익단체들이 끼어서 자금 유입도 검증되지 못한 행사나 행다 쪽으로 치우쳐, 체계적으로 연구할 젊은 다학도(茶學徒)가 나오기 힘든 실정이다.

그래서 늦게 다학에 손을 댄 분들도 거의 외국 서적에 의존하고 있으니, 진정 우리 것이 어떤 것인지 찾아내기 힘든 형편이다. 이에 다학에 별로 온축(蘊蓄)한 바 없는 사람이지만 그사이 생각한 것을 동학들에게 알려, 우리의 올바른 다법(茶法)과 정신을 밝히는 데 도움이 되었으면 하는 마음에서 이 책을 썼다. 내용의 잘못이나 미비한 부분에 많은 질정이 있길 바란다.

이 책이 나오기까지 좌우에서 격려해 주신 동도(同道) 여러분과 자료 조사에 도움을 주신 한재종중(寒齋宗中)에 감사한다. 그리고 많은 어려움 속에서도 이 책의 상재를 맡아 수고해 준 도서출판 이른아침의 김환기 사장님과 사원 여러분에게 찬사를 보낸다.

무자(戊子) 국추(菊秋)에
운월산방(雲月山房)에서

서산(曙山) 지(識)

| 차례 |

제2장 『다부』주해

제 1 장

한재 이목과 다부

제1절 『다부』의 시대적 배경과 한재의 사상

고려 후기 신흥사대부들이 수용한 성리학(性理學)은 권문세족(權門勢族)의 횡포와 불교의 폐해를 막는 지도이념으로 등장했다. 성리학은 안향(安珦) 이후, 백이정(白頤正)·이제현(李齊賢)·이색(李穡)·정몽주(鄭夢周)·길재(吉再)·권근(權近)·정도전(鄭道傳) 등으로 이어지면서 실천학적 측면이 더욱 강조되었으니, 정도전의 『불씨잡변(佛氏雜辨)』에서 그 경향이 아주 뚜렷해진다. 그때까지 고려의 통치 이념을 뒷받침했던 불교 자체를 인륜에 어긋나는 도(道)라 하여 공박한 것이다. 따라서 좀더 경직된 법도가 필요했던 조선사회는 엄격한 도덕적 잣대를 원하게 되었다. 이에 선비들이 인격수행에 필요한 차를 늘 가까이에 두고 애용하게 된 것이다.

문벌 중심의 사회가 관료 중심의 사회로 전환되면서 통치 이념 또한 성리학의 중심적 이념인 도학(道學) 쪽으로 옮겨갔다. 곧 조선사회에서 성리학은 정치적 이념일 뿐 아니라 학문적·사상적 우위를 점했고 일상생활의 규범이 되었다.

　　태조는 조선을 건국한 이후, 인재 중심의 관리 임용을 지향하고 지방에 전문행정관을 두어 과거 호족들의 세력을 꺾었다. 한편 개국공신(開國功臣)과 원종공신(原從功臣) 들에게는 토지와 노비를 분급(分給)하여 나라에 충성토록 했다. 이런 변화를 거쳐 바로 왕권 중심의 절대 권력을 이루어 집권 체제를 확립했고 양반관료사회의 체제를 정립했다.

　　과거제도가 정착하면서 관계(官界) 진출은 곧 사회에서 차지하는 위상을 가늠하는 척도가 되었다. 시간이 흐를수록 공신들의 권세가 국정을 장악하고 그들의 영향 아래에서 관리가 임용되어, 유능한 지방 인재들의 중앙 진출이 좌절되는 등의 문제점이 대두했다. 이는 바로 건국 후 권력을 장악했던 훈신(勳臣)과 척신(戚臣) 들의 부정과 비행에 대한 비판으로 이어진다.

　　이에 사림(士林) 계통의 참신한 유학자들의 이념이 더욱 엄격한 잣대로 작용했기에, 부당하게 비리를 저지른 수구세력들은 어려운 처지에 몰리게 되었다. 점필재(佔畢齋) 김종직(金宗直, 1431~1492)을 중심으로 한 새로운 학문적 경향은 이런 면에서 많은 주목을 받는다. 곧은 절의를 지키기 위해 낙향한 선비 길재(吉再)의 학통을 이은 영남학파의 젊은 선비들이 중앙관계로 속속 진출하게 되니, 기존 정치세력들의 견제가 없을 수 없었다. 그럴수록 이들은 굽히지 않고 관리임용을 인재 중심으로 할 것을 주장하고, 엄격한 도학정신으로 그들에게 대항했다.

이 같은 유교윤리의 엄격한 잣대는 계유정난(癸酉靖難) 후의 세조정변(世祖政變)부터 큰 반향을 일으켰다. 사림은 '인성은 원래 순진무구(純眞無垢)하지만 사람이 타고난 기(氣)의 작용으로 청명(淸明)하거나 혼탁(混濁)해질 수 있다. 곧 기(氣)로 인해 그 선악과 청탁이 결정되니, 형이하적인 것을 다스리는 데는 엄격한 도덕적 기준을 적용해야 한다'고 주장했다. 따라서 예(禮)와 법을 강조하고, 그 배경으로 도학이 자리 잡았다.

본래 권력의 속성상 오래가면 부패하게 되는 것이니, 국가의 기본인 공납제(公納制)와 부역제(賦役制)가 점점 느슨해져 방납(防納)이 행해지기까지 한다. 이런 폐단으로 유민(流民)과 도적이 창궐하고 민심이 동요해, 사림(士林)의 정치세력이 많은 사람들의 기대를 얻었다. 점필재의 문하에는 김굉필(金宏弼)·정여창(鄭汝昌)·김일손(金馹孫) 등이 중앙 정계로 진출하여 왕의 신임을 얻게 되니, 훈구대

신들의 입장은 날로 어려워졌다.

점필재의 문하에서 학자는 물론 수많은 차인들도 배출되었는데, 이는 차가 도학을 수행하는 선비들에게 더없이 좋은 동반자였기 때문이다. 특히 조위(曹偉), 정희량(鄭希良), 남효온(南孝溫), 김일손(金馹孫), 유호인(兪好仁), 이종준(李宗準), 강혼(姜訢), 이원(李黿), 이주(李冑), 김흔(金訢), 최부(崔溥), 김극성(金克成), 홍언충(洪彦忠), 홍유손(洪裕孫) 등은 쟁쟁한 차 애호가들이었다.[1] 이들 중 점필재의 문하에서 도학 이념의 강골인 한재(寒齋)가 등장한다. 그는 동문 중에서도 막내에 가까운 젊은 나이로 사림에 넘치던 도학정신과 절의정신을 실천하는 데 한 치의 굽힘이 없었다. 『다부』 또한 그러한 자신의 생각을 다성(茶性)에 비유하여 읊은 작품이다.

한재의 차 생활 저변에는 노장사상이 혼재되어 있어, 한재는 양생에서 군자지도(君子之道)에 이르는 이상을 차에 결부시켜 선계에 이르기까지 확대시켰다. 그는 『다부』에서 먼저 글을 쓴 동기와 배경을 병서(幷書)에 적고 차의 산지(産地), 생육환경, 전다(煎茶), 효능을 칠수(七修), 오공(五功), 육덕(六德)으로 나누어 노래한 후, 끝에 자신의 차 정신을 피력했다.

---

1) 『한국차문화사』(이른아침, 2007) 상(上)권 399~423쪽 참고.

한재의 차 정신은 점필재의 문하답게 도학정신에 바탕을 둔 철저한 성리학적 사고를 중심으로 한다. 공부하기 위해 집을 떠나는 동생에게 준 시 「송사제미지지송경독서(送舍弟微之之松京讀書)」를 보면 그의 정신이 뚜렷하게 드러난다.

1. 「송사제미지지송경독서」에 나타난 사상

李氏自文學 愛書不愛金　이씨자문학 애서불애금

爺孃已白首 吾汝猶靑衿[2]　야양이백수 오여유청금

鶴夢巖松老 茶煙洞月陰　학몽암송노 다연동월음

慇懃求道處 且莫看雲岑　은근구도처 차막간운잠

우리 집안 예로부터 글을 했기에

책을 즐기고 재물에는 생각 없었네.

부모님 이미 늙으시고

우리는 아직도 서생의 몸이라네.

---

2) 청금(靑衿)은 벼슬하지 못한 선비가 입은 옷을 뜻하며, 일반적으로 벼슬하지 못한 선비를 지칭한다. 『시경(詩經)』「국풍(國風)」의 "푸른 동정 멋진 옷 걸친 님이 그리워 내 마음에서 떠나지 않네. 나를 가지도 못하게 하고서, 편지 한 장 없는 것은 너무 하네요[靑靑子衿 悠悠我心 縱我不往 子寧不嗣音]"라는 대목에서 청금이 등장한다.

바위 옆 노송 위에 학의 꿈 영글고

달빛 아래 집 주변엔 차 연기 피어나네.

도를 구함에 한결같이 하고

산봉우리 위의 구름엘랑 한눈팔지 말게나.

이 시는 어려움 속에서도 체모를 잃지 않고 학업에 정진하며 명리
(名利)에 현혹되지 않기를 당부한 내용을 담았다. 학몽(鶴夢)은 집안
의 품위요, 다연(茶煙)은 그의 정신이었다. 이것이 바로 육우의 『다
경(茶經)』을 읽고 그가 터득한 다성(茶性)의 실천이다. 그래서 그는
제례(祭禮) 때도 철갱봉다(撤羹奉茶)를 철저히 행했다.

이 시에 표현된 '효심(孝心)과 우애(友愛)', '금욕(禁慾)', '중정(中
正)으로 복귀(復歸)' 등의 다성은 한재뿐만 아니라 다른 선비 차인들
의 사상에도 잘 표출되고 있다. 바로 이런 사상적 흐름이 당시의 큰
지도이념이자 사회적인 이슈였다고 하겠다. 이는 조선 역사를 일관
하여 현재까지 변함없는 도덕률이자 생활의 지표가 되고 있다. 아울
러 당대의 정신적 사조가 어떠했는지를 함께 살펴볼 필요가 있다.

① 효심과 우애

淸虛寂寞是禪家 청허적막시선가
每引胡僧手共義 매인호승수공의
麋鹿山寒時入院 미록산한시입원
沙彌晝永解煎茶 사미주영해전다
松頭晴雪時時落 송두청설시시락
石底澄流脈脈斜 석저징류맥맥사
想得北堂安穩未 상득북당안온미
日興翹首望京華 일흥교수망경화

깨끗하고 조용하니 이 바로 선가라네

언제나 스님 만나면 합장하곤 한다네.

산속이 추워지면 사슴 가끔 찾아들고

낮 시간 길어지니 사미는 차 끓이네.

소나무 위 눈덩이는 때때로 떨어지고

돌 사이 맑은 물은 비스듬히 흐른다네.

북당의 어머님 편안한지 궁금해서

날마다 머리 들어 경도를 바라보네.

―변계량(卞季良),「재백화사망경도(在百華寺望京都)」

여말선초의 문인 변계량(1369~1430)이 공부하러 절에 와 있을 때 집에 계신 어머니를 생각하며 지은 시다. 멀리 떨어져 있는 산사에 눈이 내리니, 어머니께서 추위에 혹 병환에 걸리지는 않으셨는지 염려하는 효심이 드러난다. 효는 사람의 기본적인 도리였으니, 변계량 뿐만 아니라 한재를 위시한 당시의 모든 선비들이 지향하는 바였다.

② 금욕

苟不私於方寸兮 極高明乎天地 구불사어방촌혜 극고명호천지

진실로 마음에 사사로움이 없음이여.

높고 밝음이 천지에 극하였도다.

—한재, 『허실생백부(虛室生白賦)』

세속적인 욕심을 버리고 나니 사람의 힘으로 이룰 수 없는 경지에 이른다. 이는 바로 호연지기(浩然之氣)를 말한 맹자(孟子)의 심득(心得)의 경지다. 그 드넓은 이상과 거리낌 없는 성현의 높은 세계인 것이다. 무욕(無慾)이면 무욕(無辱)이라 하지 않았는가.

貧窮賢達事 分外且無營 빈궁현달사 분외차무영

빈궁하거나 현달하게 사는 일은 분수에 달린 것이니

어쩔 수 없도다.

—『한재집』,「추서유월 중정독작유회(秋曙月 中庭獨酌有懷)」

여기에는 물론 안빈낙도(安貧樂道)의 정신과 분수를 거스르지 않는 마음자리가 있다.

曉日升時金殿耀　효일승시금전요
茶煙颺處蟄龍翔　다연양처칩용상
自從遊歷淸閑境　자종유역청한경
榮辱到頭渾兩忘　영욕도두혼양망

새벽 해 떠오르면 금빛 전각 빛나고

차 연기 흩날리면 서린 용이 나른다네.

맑고 한가로운 곳에 노닐면서

세상의 영욕 모두 잊었다네.

—김시습(金時習),「장안사(長安寺)」

남자들에게 가장 떨치기 힘든 것이 바로 부귀를 버리는 일이다. 더구나 뛰어난 재주를 지녀 촉망받는 선비로서 관계의 모든 희망을 뒤로하고 입산한다는 것은 대단한 결단이다. 이 모든 것이 차의 힘을 입었다.

③ 본래심[太虛]

心地淨如水 翛然無礙隔 심지정여수 소연무애격
正是忘物我 茗椀宜自酌 정시망물아 명완의자작

마음 바탕 깨끗하기 물과 같고
혼연히 트여서 막힘이 없다네.
이것이 바로 우리를 모두 잊는 것.
찻잔 가득 차 따라 마신다네.

— 김시습, 「고풍(古風)」

구(求)하는 바가 많으면 욕됨이 있다고 했으니, 약초밭에 사슴이 놀아도 차마 쫓지 못하고, 자연 그대로 내버려둔다. 이것은 바로 선(禪)의 경지니, '배움은 마음을 따라야 얻음이 있다[道學只從心上得]'는 생각이었다.

고요한 장안사에 늙은 스님이 선정에 들고 흰 구름만 깔렸는데, 야

학이 깃들이니 맑은 운치 길기도 해라[老僧入定白雲鏟 野鶴移棲淸韻
長]. 여기에 야학은 자신을 옮겼을지도 모른다. 아침 해 뜨고 다연(茶
烟)이 오르니 거기가 바로 선계(仙界)가 아니고 무엇인가.

　한밤 등불 아래 조용히 선정에 드니 정신은 벌써 육신을 떠나 명계
에 노니는데, 빈 껍질인 육신과 그 그림자만은 여전하구나. 이어서
그는 밖에 눈이 내리고 구름 덮여도 곧 사라지는 것을 생각하며, 촛
불 지우고 방바닥에 누워 생멸(生滅)의 이치를 생각한다. 이럴 때 그
는 차를 찾았으리라. 그리고 「석로(釋老)」라는 시에서 늙은 선사의
생활을 다심(茶心)과 결부시켜 세속에서 얻을 수 없는 청정함을 노
래했다.

功名眞畫餠 身世愧隨波　공명진화병 신세괴수파

時有山僧到 淸談一椀茶　시유산승도 청담일완다

공명은 진정 그림의 떡이고

속세에 사는 몸, 세파를 따르는 어려움 있네.

때마침 산승이 이르렀기에

차 한 잔 앞에 놓고 청담을 논한다네.

　　　　　　　　　　　—서거정(徐居正), 「우차잠상인(又次岑上人)」

세속에 살면서 속진(俗塵)에 초연하기란 힘든 일이다. 그래서 선력(禪力)이 높은 잠상인과 고아한 이야기를 나누어서 속기(俗氣)를 없애려 한다. '다른 날 고승과 함께 선문답하고 돌솥에 솔바람 소리 나게 차 달이며 보내리[移時軟共高僧話 石鼎松聲送煮茶]'라는 시구절도 이와 같은 맥락에서 감상할 수 있다.

이는 유가에서 볼 때, 모든 이들이 자신의 본분을 지켜 넘치지 않는다면 모두 제대로 유지되고 해악이 없을 것이라는 그의 생각과 같은 것이다. 「홍문관부(弘文館賦)」의 "임금은 임금답게 신하는 신하답게 아비는 아비답게 자식은 자식답게[君君 臣臣 父父 子子]"라는 구절을 떠올려봄직하다.

2. 「절명시」에 나타난 한재의 사상

黑鴉之集處兮 白鷗兮莫去 흑아지집처혜 백구혜막거

適彼鴉之怒兮 諒汝色之白歟 적피아지노혜 양여색지백여

淸江濯濯之身兮 惟慮染彼之血 청강탁탁지신혜 유려염피지혈

掩卷而推窓兮 淸江白鷗浮 엄권이추창혜 청강백구부

偶爾唾涎[3]兮 漬[4]濡[5]乎白鷗背 우이타연혜 지유호백구배

白鷗兮莫怒 汚彼世人而唾也 백구혜막노 오피세인이타야

검은 까마귀 모인 곳에 백구야 가지 마라.

성낸 까마귀들 너의 흰색 시샘하여

맑은 강에 깨끗이 씻은 몸, 피 물들까 염려로다.

책 덮고 창을 여니 맑은 강에 백구 떴네.

우연히 침 뱉다가 백구 등을 더럽혔네.

백구야 성내지 마라 세상 사람 더러워 뱉은 침이라네.

—한재, 「절명시(絶命詩)」

① 절의념(節義念)

「절명시」는 죽음을 앞두고 지었기에 더욱 숙연하게 만드는 시다. 절의를 지키기 위해 버리는 생명이라 더 값지고, 그 의기는 자못 하늘을 찌른다. 이러한 큰 힘은 공자(孔子)와 같은 선현의 올바른 가르침에 바탕을 두고 있다.

---

3) 涎 : 침 연[□液], 연해 흐를 연[水流貌].
4) 漬 : 담글 지, 적실 지, 물들일 지.
5) 濡 : 적실 유, 윤기 흐를 유, 머무를 유.

不義而富且貴 於我如浮雲 불의이부차귀 어아여부운

옳지 못한 방법으로 부자가 되고 귀하게 된다는 것은

나에게는 뜬구름처럼 아무 의미가 없다.

―『논어(論語)』

歲寒然後 知松柏之後彫也 세한연후 지송백지후조야

세상이 추워지고 난 다음이라야

늦도록 시들지 않는 것을 알 수 있다.

―『논어』

君子有殺身以成仁 군자유살신이성인

군자는 인을 위해서 목숨을 내놓을 수도 있다.

―『논어』

② 배의여도(配義與道)

近百餘年間 以言爲官 근백여년간 이언위관

而能面擊權臣 이능면격권신

凜然若秋霜烈日 不可犯者 늠연약추상렬일 불가범자

근 백여 년 사이에 언관이 되어서

능히 권신을 면전에서 치셨으니

의젓함이 가을 서리를 녹이는 해와 같이

감히 범할 수 없습니다.

　　　　　　　　　　—최보신(崔寶臣), 『귀강능사(歸江陵詞)』, 「병서(竝書)」

見義不見人是非 견의불견인시비

의만을 보고 인간의 시비는 보지 않았네.

　　　　　　　　　　　　—최보신, 『귀강능사』, 「병서」

吾夫子懼其失也 書之六藝 以垂于後

오부자구기실야 서지육예 이수우후

우리 공자께서도 그 도(道)를 잃을까 두려워서

육예[6]에 기록하여 뒷사람들에게 전하게 하셨다.

　　　　　　　　　　　　　　—「홍문관부」

이 글은 대사헌으로 있던 최보신이 권신의 면전에서 임금께 탄핵

---

6) 육예(六藝) : 시(詩)·서(書)·역(易)·예기(禮記)·춘추(春秋)·악(樂)을 이른다.

한 문제로 책임을 지고 물러나와 고향으로 돌아갈 때 한재가 칭송한 글이다. 옳은 것을 위해서라면 온몸을 바칠 각오가 되어 있음을 보여 준다.

③ 일이관지(一以貫之)

有雲有水足相隣 유운유수족상린
忘却菩提況復仁 망각보리황부인
市遠松茶堪煎藥 시원송다감전약
山窮魚鳥忽逢人 산궁어조홀봉인
絶無一事還非靜 절무일사환비정
莫負初盟是爲新 막부초맹시위신
徜若芭蕉雨後立 상약파초우후립
此身何厭走黃塵 차신하염주황진

구름 있고 물 있으니 족히 이웃될 만하고

보리도 잊었거늘 황차 다시 인이겠는가.

저자가 머니 약 대신 솔차를 달이고

깊은 산엔 고기와 새뿐 어쩌다 사람 구경하네.

아무 일 하나 없음이 정말 고요함은 아니고

처음 맹서 어기지 않음 그게 곧 새로움이지.

비 맞은 후 여유롭게 선 파초 같을 수 있다면

이 몸 어이 티끌세상 달리기를 꺼리겠는가.

— 만해(卍海), 「오세암(五歲庵)」

수련(首聯, 한시 율시의 첫째 구와 둘째 구)은 자연의 일부가 된 상태인 심재(心齋)의 경지라 하겠다. 운수(雲水) 그 자체가 정처 없고 우리 또한 정해진 것이 없으니, 서로 섞인들 다를 것이 없다. 그러니 그 안에 도(道)나 진리마저 없거늘 어찌 인(仁)을 말할 수 있으리. 함련(頷聯, 한시 율시의 셋째 구와 넷째 구)에서는 궁벽한 산속이라 인적 드물어 고요하지만, 어느 것 하나 이루어지는 것 없는 고요는 고요가 아닌 죽은 것이라 단호히 말했다. 이어서 경련(頸聯, 한시 율시의 다섯째 구와 여섯째 구)에서는 부처와 나라 위한 일념은 절대 변하지 않음을 다짐하고, 끝으로 미련(尾聯, 한시 율시의 일곱째 구와 여덟째 구)에서는 어떤 어려움이 닥쳐도 의연한 자세로 당당히 매진할 각오를 피력했다. 이것이 바로 「절명시」에 담긴 근본정신이다. 이런 만해의 심정은 바로 한재와 같다.

「칠보정상련사(七寶亭賞蓮詞)」에서 "앞과 뒤가 한결같은 마음임을 깨달음이여! 원하노니 이로 인하여 도를 찾고 싶구나[知前後之一心兮 願因斯而求道]"라고 했듯이 한재의 일이관지(一以貫之)하는 정신은 많은 글에서 볼 수 있는 행동 지표였다.

④ 충군(忠君)

縱然婦女笑形模 종연부여소형모
見用還將鼎鼐俱 견용환장정내구
莫謂小齋徒煮茗 막위소재도자명
調羹直欲獻天廚 조갱직욕헌천주

부녀자들 이 솥 모양 웃을는지 모르지만
밥솥이나 국솥이나 두루 쓸 수 있지.
서재에서 차 달일 때만 쓴다 하지 말게나
국을 끓여 임금님께 드리고 싶었다네.

　─변계량, 「서경사상용헌이공혜석요 이시답지(西京使相容軒李公惠石銚 以詩答之)」

예로부터 선물이란 마음의 정표였으니, 그것을 자기가 항상 그리워하는 사람에게서 받는다면 더욱 반가울 것이다. 요즘처럼 택배로 선물을 쉽게 보내는 것과는 달리, 그 시절 직접 물건을 구해서 사람을 시켜 인편으로 보내는 정성이 오죽했겠는가?

선물을 받고나니 그가 더욱 그리워진다. 이렇게 솜씨 좋게 만든 돌솥을 보니 당연히 임금님이 생각나고, 그래서 이공갱(伊公羹)의 고사가 떠오른 것이다. 그가 차솥에 다른 누린내 나는 음식을 요리하면 안 된다는 사실을 몰라서 한 말이 아니다. 역시 임금의 선정을 보좌하는 신하로서 세태의 혼탁함을 모르지 않았으니, 이처럼 좋은 차 정신을 널리 보급하여 천하가 깨끗해지길 바랐다.

欲奉靈苗壽聖君 욕봉영묘수성군

新羅遺種久不聞 신라유종구불문

如今擷得頭流下 여금힐득두류하

且喜吾民寬一分 차희오민관일분

竹外荒園數畝坡 죽외황원수무파

紫英烏觜幾時誇 자영조취기시과

但令民療心頭肉 단령민료심두육

不要籠加粟粒芽 불요농가속립아

영묘한 싹 받들어 임금님 장수 빌고져

오랫동안 잃었던 신라의 차를

이제야 두류산에서 얻었으니

우리 백성 한결 쉬워져 더욱 기쁘다네.

대밭 옆 거칠어진 몇 묘의 언덕에

자줏빛 새부리 차 언제나 자랑스럽지.

다만 백성들의 마음고생 덜고자 하니

대바구니에 좁쌀 같은 싹 담을 필요 없다네.

—김종직, 「다원(茶園)」

이 시를 통해 볼 때, 점필재는 차의 생태나 산지에 대해 해박한 지식을 가지고 있었다. 『다경』을 위시한 많은 다서를 읽어야 죽로차(竹露茶)를 만들 수 있었기 때문이다. 그런데 그는 대밭 주변에서 발견된 신라 유종을 이식하지 않고, 그 자리에 그대로 두고 다원을 만들었다. 이는 점필재가 대나무와 차나무가 함께 있어야 서로 좋고, 차나무는 이식하면 안 된다는 점을 알았다는 증거이다.

한재는 도학의 가장 기본인 충과 효를 위시해서 신의와 절의를 중시했고, 이들을 위해서 목숨도 버릴 각오가 되어 있었다. 그의 정신은 『논어』에서 "선비에게 주어진 책임은 중하고 가야 할 길은 멀다. 인(仁)이 주어졌으니 그 얼마나 중한가. 죽고 난 후에야 그만둘 수 있으니 그 얼마나 먼 것인가[士任重而道遠 仁以爲己任 不亦重乎 死而

後己 不亦遠乎]"라고 한 공자의 정신과 같다. 그리고 『논어』「이인 (里仁)」의 "선비가 진리에 뜻을 둔다면, 좋지 않은 옷과 밥을 입고 먹는 것을 부끄러워하는 자와는 더불어 의논하지 말아야 한다[士志於 道 而恥惡衣惡食者 未足與議也]"라는 구절과 같이, 한재는 모든 생활에서 의와 도를 중시하여 가난도 즐겼고, 차의 정신에 젖어서 본래심을 잃지 않았다.

한재가 품었던 사상은 조선 초기에 확고히 형성된 도학정신이라 하겠다. 한재는 가문의 형세로 출세가 보장되는 낡은 관습을 비판하고, 엄정한 도학정신에 기본을 둔 선비들만이 관료로서 자격이 있고, 또 이들은 나라나 임금을 위해 목숨도 초개(草芥)처럼 버릴 수 있다고 생각했다.

3. 그 외의 글에 나타난 사상

① 천인합일

천인합일(天人合一)은 주로 한재의 「천도책(天道策)」에서 볼 수 있는 정신이다. 한재는 우리 안에, 곧 마음에 하늘이 있으니 그 마음의 소산은 우리에게 바로 나타난다고 생각했다.

天道無好惡 而禍福隨其人 천도무호오 이화복수기인

人事有善惡 而吉凶應乎天 인사유선악 이길흉응호천

天人之理 豈有二哉 천인지이 기유이재

하늘의 도는 좋고 싫음이 없고

화와 복은 그 사람에 따르는 것이고

인사는 선악이 있고, 길흉은 하늘에 응한다고 했으니

하늘과 사람의 이치가 어찌 둘이 있겠는가.

天之性 卽吾之性 천지성 즉오지성

天之心 卽吾之心 천지심 즉오지심

天之道 卽吾之道 천지도 즉오지도

天之好惡 卽吾之好惡 천지호오 즉오지호오

然則吾人方寸間 亦有一天也 연칙오인방촌간 역유일천야

하늘의 성은 곧 나의 성이요

하늘의 마음은 곧 나의 마음이며

하늘의 도는 곧 나의 도이고

하늘이 좋아하고 미워함은 곧 내가 좋아하고 미워함이다.

그러니 우리의 마음속에는 또 하나의 하늘이 있을 뿐이다.

聖人不天之天 而明在吾之天 성인불천지천 이명재오지천

不星之星 而察在吾之星 불성지성 이찰재오지성

성인은 하늘의 하늘을 생각하지 않고

나에게 있는 하늘을 밝히며

별의 별을 생각지 않고 나에게 있는 별을 살핀다.

② 호연지기

한재는 유가에서 꺼리는 장자(莊子)의 허실생백(虛室生白) 이론을 맹자의 호연지기(浩然之氣)와 주자(朱子)의 허령불매(虛靈不昧) 경지와 같다고 하여, 자신도 『허실생백부』를 썼다. 이는 바로 중정에 이르는 차인의 근본 사상이요, 모든 욕됨을 버리는 바탕의 사상으로 드넓은 이상과 기개를 드러낸다.

夫虛室則能白 白者虛之所爲也

부허실즉능백 백자허지소위야

以之爲形容心體之本 明者莫切焉

이지위형용심체지본 명자막절언

대저 방은 텅 비면 능히 밝아지는 것이니

밝음은 텅 빈 것이 이룬 것이다.

그래서 심체의 근본을 형용한 것이

이보다 더 잘할 수는 없다.

—『허실생백부』

我遇天也非人力 아우천야비인력

내가 하늘을 만난 것이요, 사람의 힘을 넘었구나.

—「유용문부담암가(遊龍門釜潭巖歌)」

③ 출요귀덕(黜妖貴德)[7]

한재는 그의 나이 스무 살 때, 성종의 대비가 무녀를 시켜 왕을 위
하여 비는 것까지 도리에 어긋나는 요망한 일이라 여기어 하지 못

---

7) 요망한 것을 멀리하고 덕을 귀하게 여기는 것을 뜻한다.

하게 했다.

黜妖而箴禍 貴德而賤色 明良日親乎左右

출요이잠화 귀덕이천색 명양일친호좌우

요망한 것을 쫓아내고 화를 경계하며

덕을 귀히 여기고 색을 멀리하며

깨끗하고 어진 사람을 가까이하다.

—「여융부(女戎賦)」

成廟嘗有不安節 大妃密令巫女祈禱

성묘상유불안절 대비밀령무녀기도

設淫祀於泮宮之碧松亭 先生倡諸生杖逐之

설음사어반궁지벽송정 선생창제생장축지

성종께서 편찮으시어 대비께서 몰래 무녀들을 시키어 비는데

반궁의 벽송정에서 음란한 제를 지내거늘

선생이 여러 유생들을 모아 몽둥이로 쫓아내었다.

— 한재의 비명(碑銘)

제2절 한재 이목의 생애

1471년 성종 2년 신묘년(辛卯年), 경기 통진부 가좌동(현재의 김포
        시 하성면 가금리)에서 신라 사공(司空) 이한(李翰)을 시조
        로 한 전주 이씨 27세손(世孫) 참의공(參議公) 윤생(閏生)과
        남양(南陽) 홍씨(洪氏) 사이에서 둘째 아들로 태어났다.

1484년 성종 15년 갑진년(甲辰年), 14세에 점필재 김종직의 문하(門
        下)로 들어갔다.

1487년 성종 18년 정미년(丁未年), 17세에 『춘추좌씨전(春秋左氏
        傳)』을 즐겨 읽고, 범문정공(范文正公)의 덕업(德業)을 앙모
        (仰慕)했다.

1489년 성종 20년 기유년(己酉年), 19세에 과거 갑과에 합격해 생원
        진사가 되어 반궁(泮宮)에서 독서했다. 대사성 김수손(金首

孫)의 딸 예안 김씨를 아내로 맞았다.

1490년   성종 21년 경술년(庚戌年), 20세에 대비의 명으로 반궁 벽송
정에서 단을 만들고 무녀들이 기도할 새, 한재가 제생(諸生)
을 이끌고 가서 제단을 파괴하고 무녀들을 매질하여 축출했
다. 대비가 노하여 임금께 아뢰니 왕이 거짓 노하여 그때의
유생 명단을 올리라 하고, 대사성을 불러 칭찬하고 술과 호초
(胡椒)를 상으로 내렸다. 5월에는 가뭄이 심하여 한재가 상소
하기를 "영의정 윤필상(尹弼商)이 간악하여 하늘이 벌주는
것으로 그를 팽살(烹殺)해야 비가 내릴 것이다"라고 했다. 이
로 인해 그는 11월에 공주로 정배(定配)되었다.

1491년   성종 22년 신해년(辛亥年), 21세에 귀양에서 풀려났다.

1494년   성종 25년 갑인년(甲寅年), 24세 10월부터 중국 연경(燕京)에서
유학했다. 12월에는 성종이 승하했다.

1495년   연산 원년 을묘년(乙卯年), 25세에 별시 문과에 「천도책」으
로 급제하여 성균관 전적(典籍)을 제수받았다.

1496년   연산 2년 병진년(丙辰年), 26세에 진용교위(進勇校尉)로 영
안남도병마평사(永安南道兵馬評事)가 되었다.

1497년   연산 3년 정사년(丁巳年), 27세에 사가독서(賜暇讀書)했다.
6월에 아들 세장(世璋)을 낳았다.

1498년	연산 4년 무오년(戊午年), 28세 7월에 동문(同門)인 김일손(金馹孫)이 그의 스승이 지은 조의제문(弔義帝文)을 사초(史草)에 올린 것을 계기로 무오사화(戊午士禍)가 일어났고, 한재 또한 참형(斬刑)되었다.
1504년	연산 10년 갑자년(甲子年), 추형(追刑)으로 부관참시(剖棺斬屍)되었다.
1506년	중종 원년 병인년(丙寅年) 9월, 세원복관직(洗寃復官職)되고, 다음 해에 가산을 환급받고 윤필상, 유자광 등의 훈작을 삭탈하고 호남에 유배시켰다.
1552년	명종 7년 임자년(壬子年), 증가선대부이조참판겸홍문관제학동지춘추관성균관사(贈嘉善大夫吏曹參判兼弘文館提學同知春秋館成均館事)로 은전(恩典)을 받았다.
1559년	명종 14년 을미년(乙未年), 공주 공암(孔巖) 충현서원(忠賢書院)에 배향되었다.
1585년	선조 18년 을유년(乙酉年), 첫 문집 『이평사집(李評事集)』이 간행되었다.
1624년	인조 2년 갑자년(甲子年), 충현서원으로 사액(賜額)했다.
1625년	인조 3년 을축년(乙丑年), 김상헌(金尙憲)이 묘비문(墓碑文)을 지었다.

1632년 인조 10년 임신년(壬申年), 장유(張維)가 묘지명(墓誌銘)을 지었다.

1706년 숙종 32년 병술년(丙戌年), 자헌대부이조판서겸지경연의금 부사홍문관대제학예문관대제학지춘추관성균관사세자좌빈 객오위도총부도총관(資憲大夫吏曹判書兼知經筵義禁府事 弘文館大提學藝文館大提學知春秋館成均館事世子左賓客五 衛都摠府都摠管)으로 증작(贈爵)의 은전을 입었다.

1718년 숙종 44년 무술년(戊戌年), 정간공(貞簡公)[不屈無隱曰貞 正 直無邪曰簡]으로 시호(諡號)를 내렸다.

1726년 영조 2년 병오년(丙午年), 한재의 전후 사적을 정원일기(政 院日記)에 비치하고 불조묘(不祧廟)를 명했다.

1849년 헌종 15년 을유년(乙酉年), 김포(金浦) 사우(祠宇)를 지었다.

1963년 갑진년(甲辰年), 사적비(事蹟碑)를 공주군(公州郡) 우성면 (牛城面) 내산리(內山里)에 제막했다.

1975년 을묘년(乙卯年), 한재당이 경기도의 지방문화재로 지정되 었다.

2001년 신사년(辛巳年), 한국차인연합회(회장 박권흠)가 '한국의 다 선(茶仙)'으로 추대하여 매년 헌작(獻酌)하고 있다.

2008년 무자년(戊子年), 한재문화재단이 설립되었다.

제3절 『다부』의 원전 및 판본

1585년 선조 18년 을유년(乙酉年), 첫 문집『이평사집(李評事集)』을 간행했다. 선생의 자제인 감사공 세장(世璋)이 흩어진 글들을 수습하여 엮었고, 그 손자 철(鐵)이 무송현감(茂松縣監)으로 있으면서 활자로 간행했다.

1632년 인조 10년 임신년(壬申年), 문집이 중간(重刊)되었다. 임진왜란 중에 문집의 판본(板本)이 없어져, 선생의 증손인 백촌(栢村) 구징(久澄)이 청송부사로 있을 때 보충하여 간행했다.

1914년 갑인년(甲寅年), 13세손 존원(存原)이 문집을 보간(補刊)했다.

1981년 신유년(辛酉年), 후손 병원(炳元)을 위원장으로 하여 한재종중관리위원회에서 번역본 『한재문집(寒齋文集)』을 간행했다. 문집 뒤의 부록에는 1914년 간행된 원문의 영인본이 수록되어 있다.

이 책은 1981년에 간행된 『한재문집』의 영인본을 전본으로 삼았음을 밝혀둔다.

제4절 『다부』의 특징과 구성

『다부』의 특징

• 1495년경 한재가 중국을 다녀온 후에 썼을 것으로 추정된다.

• 차 생활의 저변에 도학과 노장사상(老莊思想)이 혼재되어 있다.

• 초의(艸衣)의 『동다송』보다 340여 년이나 앞선, 차의 참다운 정
  신을 기록한 다서다.

• 현재까지 발견된 우리 다서 중에 가장 오래된 것이다.

『다부』의 구성

• 병서(幷序)에는 『다부』를 쓴 동기와 배경이 나타난다.

• 본론(本論)에는 차 이름과 산지, 다목(茶木)의 생육 환경과 풍광
  및 전다(煎茶), 차의 효능[칠수(七修), 오공(五功), 육덕(六德)]

등을 다뤘다.

• 결말(結末)에서는 자신의 차 생활과 생각을 표현했다.

제5절 『다부』의 다사적 의의

                『다부』는 우리나라에 현전하는 가장 오래된 다서(茶書)로 『기다』보다 300여 년 빠르고 『다신전』보다 340여 년이나 앞서며, 한재 이목이 중국에 가서 직접 체험한 차 생활을 바탕으로 쓴, 차의 심오한 경지를 노래한 작품이다.

    육우 이후의 중국 다서들은 대부분 『다경』이나 『대관다론(大觀茶論)』 등의 중요한 전적(典籍)을 저본(底本)으로 쓴 것이 많고, 우리나라나 일본의 다서들도 대부분 중국의 다서들을 바탕으로 썼다. 그러나 『다부』는 부분적으로 명칭이나 시구(詩句), 산지 등의 일반적인 내용을 인용한 것을 제외하면 완전한 한재의 창작 저술이다. 차 이름에도 한(漢), 파(波)라는 독창적인 것이 등장하며 행다(行茶), 조다(造茶), 수품(水品), 다구(茶具) 등 실제적인 면은 제외하고 정신적·사상적인 면을 중심으로 쓴 작품이다. 또 도학자들이 흔히 겸하는 노장사상, 특히 양생론(養生論)을 깊이 연관시키고 있다.

한재는 성종 연간에 활동한 성리학의 거유(巨儒) 점필재 김종직의 문하에서 학문을 닦은 학자였다. 점필재가 남긴 기록을 보면 채양(蔡襄)의 『다록』이나 정위(丁謂)의 『북원다록』을 위시하여, 동파(東坡)의 다시며 『다소(茶疏)』, 『다보(茶譜)』 등을 읽었다는 사실을 확인할 수 있다. 그렇다면 점필재는 『다경』, 『대관다론』을 섭렵했을 것이고, 그의 문하생인 한재 또한 차와 무관하지는 않았을 것이다. 더구나 한재는 옹서지간(翁婿之間)에 일 년 이상 중국에 가서 다서는 물론, 차에 관한 많은 것을 두루 체험하고 돌아왔다. 그는 거기서 우러난 사상을 『다부』에서 노래했다.

동양 삼국의 어느 다서에서도 한재처럼 깊은 인본사상(人本思想)과 결부해 심오한 깨달음을 온통 논한 책을 아직 보지 못했다. 다서는 대부분 차의 역사나 산지, 품명, 다구 등에 관한 내용이 주를 이뤄, 사상적 측면을 강조한 경우는 극히 제한적이다. 근세 일본의 다도 서적들은 그들 나름대로의 의미를 부여하긴 했지만 작위적인 기교가 앞선다. 그러나 『다부』는 그와 다르다. 차에 대한 자신의 생각을 총망라하고, 도학의 정종(正宗)을 이어받아 군자의 길을 걷는 모든 사람이 갖추어야 할 덕목을 설파하고 있는 명저이다.

혹 『다부』를 다서로 보는 데 부정적 견해가 있는 모양이다. 그들은 논리의 근거로 『다부』가 차의 생육과 채취, 제다, 전다 등 차에 관한 모든 부면을 갖추지 않았다는 점을 든다. 이는 아주 편협한 주장이고, 다서의 일반적인 개념을 모르고 하는 말이다. 그런 논리를 따른다면 중국의 다서는 몇 권이나 될까? 일본의 고전 다서는 아예 없다는 말이 된다. 몹시 객관성이 부족한 주장이다.

장우신의 『전다수기(煎茶水記)』, 모문석의 『다보(茶譜)』, 정위의 『북원별록(北苑別錄)』, 송자안의 『동계시다록(東溪試茶錄)』, 황유의 『품다요록(品茶要錄)』, 심안노인의 『다구도찬(茶具圖贊)』, 양유정의 『자다몽기(煮茶夢記)』, 전예형의 『자천소품(煮泉小品)』 등은 다서가 아니고 무엇인가.

또 혹자는 『다부』의 형태가 산문이 아니고 '부(賦)'의 형식을 취했기 때문에 다서로 보기 곤란하다고 한다. 그런 논리라면 『동다송』 또한 다서가 아니란 말인가. 이는 자가당착(自家撞着)에 빠진 논리다.

차에 관련한 내용들을 독립된 글로 엮었으면 그것을 다서로 인정하는 것이 현실이고, 그것이 옳은 생각이다. 그래서 그 글들의 형식이 경(經), 녹(錄), 기(記), 보(譜), 화(話), 소(疏), 논(論) 또는 부, 전(箋) 등의 이름으로 전해지는 것이다.

부(賦)에 대하여

1. 『초사(楚辭)』에서 발전한 시 형식의 일종이다. 한 행(行)은 4~6자 내외로 이루어지며 운(韻)이 있다. 일반 문장과 시의 중간 형태라고 할 수 있다.

2. 미사여구(美辭麗句)를 대구(對句) 형태로 이어가는데, 감정을 넓혀가며 사물을 직접 서술한다[直陳其事]. 시와는 달리 전문적인 문인들이 만든 장르로서[辭賦] 태평성덕을 구가하는 데 적합한 형식이었으므로 군왕들이 좋아했다. 사(辭)는 서정적이고, 부(賦)는 서사적이다.

3. 웅장한 필치의 사부(辭賦)들이 한(漢)대에 성했다가 한말에 쇠퇴했다.

4. 작가와 작품으로는 사마상여(司馬相如)의 『자허부(子虛賦)』, 『상림부(上林賦)』, 『장문부(長門賦)』, 가의(賈誼)의 『조굴원부(弔屈原賦)』, 매승(枚乘)의 『칠발(七發)』 등이 대표적이다. 그 외 작가로는 유향(劉向), 양웅(揚雄), 장형(張衡), 추양(鄒陽) 등이 있다. 우리에게 알려진 작품들로는 소식(蘇軾)의 『적벽부(赤壁賦)』, 구양수(歐陽修)의 『추성부(秋聲賦)』, 두목(杜牧)의 『아방궁부(阿房宮賦)』 등이 있다.

長卿之賦 賦之聖者
사마상여의 부는 부 중에서 뛰어난 것이다.

—왕세정(王世貞), 『예원치언(藝苑卮言)』

5. 『다부』의 시 형태는 육의(六義 —風, 雅, 頌, 賦, 比, 興) 중 하나다.

제 2 장

다부 주해

제1절 다부병서 茶賦幷書 ^{주1}

1

凡人之於物 或玩焉 或味焉   범인지어물 혹완언 혹미언
_{주2}

樂之終身 而無厭者 其性矣乎   낙지종신 이무염자 기성의호
_{주3}   _{주4}

若李白之於月 劉伯倫之於酒   약이백지어월 유백륜지어주
_{주5}   _{주6}

其所好雖殊 而樂之至則一也   기소호수수 이락지지즉일야

🍃 직역

　무릇 사람이 사물을 완상하기도 하고 음미하기도 하여 종신(終身)토록 즐기며 싫증내지 않는 것은 그 본연의 성품이다. 이백이 달을 좋아하고 유령이 술을 즐긴 것처럼 그 좋아하는 바는 비록 다르다 하

더라도 그것을 즐김에 이르러서는 한 가지다.

 주

주1 幷書

붙여 쓰는 글. 앞에 쓰는 글이나 시를 의미한다.

주2 之

주격으로 쓰였다. 가다(行)의 뜻처럼 동사로 쓰일 수 있고,
관형사, 대명사 등으로도 쓰인다.

주3 樂之終身 而無厭者

공자가 『논어』에서 말한 "아! 나의 도는 처음과 끝이 오직 하
나일 뿐 변함이 없다. 충과 서가 있을 뿐이다[參乎 吾道一以
貫之 忠恕而已]"의 의미로 다성(茶性)과 군자행(君子行)이
일치하는 부분이다.

주4 性

생득적(生得的)으로 본연(本然)의 것이 성(性)이니, 성(性)은

곧 이(理)라 했다. 『논어』에서 "태어날 때 본성은 다 선하지
만 자라면서 생긴 습성으로 점점 달라진다[性相近而習相
遠]"고 했으니 성선설(性善說)과 같은 말이다.

차에서는 중정(中正)이 곧 성(性)이다. 또한 『중용』에서는
"하늘이 인간에게 준 바탕이 성이고, 그 성을 따르는 것이 도
이고, 도를 닦도록 가르치는 것이 교육이다[天命之謂性 率性
之謂道 修道之謂敎]"라고 말했다.

주5 李白之於月

이백(李白, 701~762)은 당(唐)대를 대표하는 시인으로 촉도
(蜀都) 창명인(昌明人)이다. 부(父)는 이객(李客)이고, 자(字)
는 태백(太白), 호(號)는 청련(青蓮)이다.

유랑생활 중에 절강(浙江)에서 도사(道士) 오균(吳筠)을 만
나, 그의 소개로 비서감하지장(秘書監賀知章)을 알게 되고,
현종(玄宗)으로부터 한림공봉(翰林供奉)에 제수(除受)되었
다. 현종이 심향정(沈香亭)에서 귀비(貴妃)와 모단(牡丹)을
구경할 때, 청평조(淸平調) 삼장(三章)을 지어 바쳤다. 이백
은 특히 술과 달을 좋아했던 호방불기(豪放不羈)한 천재 시
인으로, 당대는 물론 전 중국을 대표한다. 달에 관한 시들을

많이 지었고, 죽음까지도 달과 연관해 미화했다.

그가 지은 시 두 수를 살펴보자.

花間一壺酒 獨酌無相親 화간일호주 독작무상친

擧杯邀明月 對影成三人 거배요명월 대영성삼인

月旣不解飮 影徒隨我身 월기불해음 영사수아신

暫伴日將影 行樂須及春 잠반일장영 행락수급춘

我歌月徘徊 我舞影零亂 아가월배회 아무영령란

醒時同交歡 醉後各分散 성시동교환 취후각분산

永訣無情遊 相期邈雲漢 영결무정유 상기막운한

꽃밭에서 술 한 병 벗 없이 따라 들고

잔 들어 달을 청하니 그림자까지 셋이 되었네.

원래 달은 술 꺼리고 그림자는 내 흉내만 내네.

잠시 너희와 함께 이 밤 즐겨야겠네.

내가 노래하면 달이 서성이고 춤추면 그림자도 흔들어대네.

평시에 함께 즐기다가 취하면 서로 흩어지네.

인정을 넘어 함께 놀다가 아득한 은하에서 다시 만나리.

―「월하독작(月下獨酌)」

牀前看月光 疑是地上霜 상전간월광 의시지상상

舉頭望山月 低頭思故鄉 거두망산월 저두사고향

평상 앞 달빛 밝으니 바로 서리 내린 듯하이.

고개 들어 산 위의 달을 바라보다가 고향 생각에 머리 숙이네.

— 「정야사(靜夜思)」

이백은 이외에도 「옥계원(玉階怨)」, 「파주문월(把酒問月)」, 「자야추가(子夜秋歌)」, 「관산월(關山月)」 등 달에 관한 많은 명시를 남겼다.

주6 劉伯倫之於酒

유령(劉伶)은 3세기 중반, 삼국 말엽 사람으로 자(字)는 백륜(伯倫)이다. 죽림칠현(竹林七賢) 중 한 사람이며, 술을 무척 좋아해서 항상 사슴이 이끄는 마차에 호미를 든 사람을 태우고, 술을 싣고 다녔다.

無思無慮 其樂陶陶 무사무려 기락도도

兀然而醉 豁爾而醒 올연이취 활이이성

靜聰不聞 雷霆之聲 정총불문 뇌정지성

熟視不覩 泰山之形 숙시불도 태산지형

세속의 아무것도 생각지 않고 그 즐거움 한량없어

잔뜩 취했다가 시원하게 깬다네.

취했을 땐 마음이 고요하여 우레 같은 소리도 들리지 않고

자세히 보아 태산 같은 큰 것이라도 눈에 들지 않는다네.

—「주덕송(酒德頌)」

 의역

유가에서는 맹자의 성선설을 기본적 인성(人性)으로 생각하는데, 성(性)이란 하늘이 명한 바로 그 성을 따르는 것이다. 이것이 바로 도(道)이며 도의 수행을 이끄는 것이 가르침이다. 따라서 사람이 무엇을 좋아하고, 평생 함께하는 것은 바로 생득적(生得的)인 본연(本然)의 이치다. 이백이 달을 사랑하고 유령이 술을 좋아하여 그 즐거움이 지극했던 것은 모두 이런 까닭에 있다.

余於茶越乎 其莫之知 여어다월호 기막지지
自讀陸氏經 稍得其性 心甚珍之 자독육씨경 초득기성 심심진지
  주1   주2
昔中散樂琴而賦 석중산락금이부
  주3
彭澤愛菊而歌 팽택애국이가
  주4
其於微尚加顯矣 기어미상가현의
  주5
況茶之功最高 而未有頌之者 황다지공최고 이미유송지자
若廢賢焉 不亦謬乎 약폐현언 불역류호
  주6

🍃 직역

내가 차에 대해 잘 알지 못하여 평범하게 마시고 지내다가 육우의
『다경』을 읽고, 점차 그 성품을 깨달아서 마음속으로 차를 몹시 진기
하게 여기게 되었다.

옛날 혜강이 거문고를 즐겨 『금부』를 짓고, 도잠이 국화를 사랑하
여 노래를 부른 것은, 숨겨져 있어 미미한 것을 뚜렷하게 나타낸 것
이다. 하물며 차의 공로가 아주 높은데도 이를 칭송하여 노래한 사람
이 없으니, 이것은 어진 사람을 멀리하여 사장시키는 것처럼 또한 잘
못된 일이 아닌가.

주

주1 余於茶越乎 其莫之知

직역하면 '내가 차에 대하여 알지 못하여 지나치고 지내다가'로 해석된다. 그러나 여기서 알지 못한다는 말은 차를 전연 몰랐다는 뜻이 아니라 차의 심오한 뜻, 즉 차에 담긴 현묘(玄妙)함을 알지 못했다는 뜻으로 해석해야 한다.

주2 其性

다성(茶性)을 의미한다. 다성의 특징은 다음과 같다.

- 직근성(直根性) : 뿌리가 곧게 아래로 뻗어 내린다.

- 불이성(不移性) : 원래 차나무는 씨를 심어서 수확했다. 차나무를 옮겨 심으면 지표에 가깝게 잔뿌리가 나와 품질이 떨어지게 된다. 그래서 옛날에는 차나무를 이식하지 않았다. 이런 차의 성질 때문에 후대에는 혼인할 때 차씨를 내렸다. 이를 '하차(下茶)'라 부른다.

- 기절성(奇絶性) : 차는 무척이나 신기하고 기이한 성질을 가졌다. 겨울에도 잎이 푸른 상록수여서 관동청(貫冬靑)이라 표현하고, 서리 맞고 피는 가을꽃이란 의미에서 탁상발

추영(濯霜發秋榮)이라고도 한다.

- 신령스러움 : 『대관다론』에 차의 신령스러움을 묘사한 구
  절이 나온다.

擅甌閩之秀氣 鍾山川之靈禀 祛襟滌滯 致淸導和

천구민지수기 종산천지령품 거금척체 치청도화

구와 민 지방의 뛰어난 지기(地氣)를 다 가지고

산천의 신령스런 품수를 모두 모아서

마음에 쌓인 것을 깨끗이 씻어내고 맑고 조화롭게 만든다.

—『대관다론』

- 운치(韻致)와 개결성(介潔性) : 맑고 간결하여 운치가 높고
  고요한 성질을 지녔다[沖澹簡潔 韻高致靜].
- 검덕(儉德)과 인덕(仁德) : 정행검덕지인(精行儉德之人)은
  영양과 약성으로 병을 고치고 정신을 안정시키는 차의 특
  징을 묘사한다.

주3 **昔中散樂琴而賦**

중산(中散)은 혜강(嵇康, 223~262)으로 촉한(蜀漢), 위(魏), 오
(吳)의 삼국(三國) 말엽에 활동한 문인이다. 자(字)는 숙야(叔

夜)로, 죽림칠현 중의 한 사람이다. 노장 신선 사상에 심취했고 오랜 은둔 생활로 문학적 성취를 이루었다. 중산대부(中散大夫)에 제수되었으나 나아가지 않았다. 강직한 성격 때문에 죽게 된 금(琴)의 명인으로 「광능산(廣陵散)」이라는 명곡을 작곡하여 이름을 드날렸다. 작품으로 『성무애락(聲無哀樂)』,『양생론(養生論)』,『금부(琴賦)』 등을 남겼다.

주4 彭澤愛菊而歌

도잠(陶潛, 365~427) 연명(淵明)은 동진(東晉)과 남북조(南北朝) 때 사람으로 자(字)를 원량(元亮)이라 하고 오류선생(五柳先生)이라 자호(自號)했다. 성격이 고결하여 팽택령(彭澤令)에 나아갔으나 얼마 후 전원(田園)으로 돌아가서 「귀거래사(歸去來辭)」를 짓고 은거했다. 연명은 이백, 유령과 함께 이름난 애주가(愛酒家)였다. 그는 무현금(無弦琴)을 걸어놓고 자신의 소우주를 이상 세계라 생각하며 살았다. 그래서 『도화원기(桃花源記)』에서 무릉도원(武陵桃源)이라는 이상향을 설정한 것이다.

結廬在人境 而無車馬喧 결려재인경 이무거마훤

問君何能爾 心遠地自偏 문군하능이 심원지자편

採菊東籬下 悠然見南山 채국동리하 유연견남산

山氣日夕佳 飛鳥相與還 산기일석가 비조상여환

此中有眞意 欲辯已忘言 차중유진의 욕변이망언

변두리에 집 짓고 사니 세상의 시끄러운 소리 없어서 좋다네.

그대에게 묻노니 왜 이러나, 마음이 멀면 거리도 멀다는데.

동쪽 울타리 아래 국화 꺾어서 고개 들어 하염없이 남산을 바라보네.

산속의 저녁은 아름답고 좋은데 새들은 깃을 찾아 쌍쌍이 날아드네.

산중에 사는 참뜻 있으나 말하려 하다 곧 잊어버린다네.

—「음주(飮酒)」

주5 微

여기서 '적다'는 것은 아주 뚜렷하게 드러나서 알려지지 않은 '금(琴)과 국(菊)'이니, 즉 은밀하게 숨어 있어서 뚜렷하지 않은 거문고나 국화를 이들이 칭송해서 유명하게 만들었다는 말이다.

주6 若廢賢焉

현인(賢人)을 예로써 대우해야 유능한 인재가 많이 나올 텐

데, 현인을 알아보지 못하여 인재를 버려두는 것은 무능한 지도자다. 차의 공덕이 이토록 많은데 그것을 찬양하여 현창할 줄 모르는 것은 우리 모두의 책임이다. 공자는 견현사제(見賢思齊)라 했고, 한유(韓愈)는 『잡설(雜說)』에서 인재를 알아보지 못하는 무능한 지도자를 질타했다. 이는 흡사 차 정신을 제대로 알아보지 못하는 차인과 다르지 않다.

世有伯樂然後 有千里馬 세유백락연후 유천리마

千里馬常有 而伯樂不常有 천리마상유 이백락불상유

故雖有名馬 祇辱於奴隷人之手 고수유명마 기욕어노예인지수

騈死於槽櫪之間 不以千里稱也 병사어조력지간 불이천리칭야

…

策之不以其道 食之不能盡其材 책지불이기도 식지불능진기재

鳴之不能通其意 명지불능통기의

執策而臨之曰 天下無良馬 집책이임지왈 천하무량마

嗚呼 其眞無馬耶 其眞不識馬耶 오호 기진무마야 기진불식마야

세상에 백락(진秦의 목공穆公 때 말을 잘 알아보고, 기르던 명인)이 있어야 천리마가 있는 법이니

천리마는 항상 있으나 백락이 항상 있는 것은 아니다.

그래서 비록 명마가 있더라도

무지한 노예들의 손에 들어가면 욕되게 살다가

마구간에 있던 평범한 다른 말들과 함께 죽어서

천리마의 칭호를 얻지 못한다.

…

채찍질할 때 알맞게 잘하지 못하고

먹일 때 그 능력에 맞게 먹이지 못하고

울 때 왜 우는지를 모르면서 채찍을 들고 말하기를

'천하에 좋은 말이 없구나'라고 한다.

아! 정말 말이 없는 것인가, 말을 알아보지 못하는 것인가.

— 한유, 『잡설』

使佳茗而飲非其人 猶汲乳泉以灌蒿萊 罪莫大焉

사가명이음비기인 유급유천이관호래 죄막대언

좋은 차를 마셔야 할 사람이 아닌 사람에게 마시게 하는 것은

유천을 길어서 왕골이나 잡풀 밭에 부어버리는 것과 같으니

그 죄가 크다.

— 『대관다론』

有其人而未識其趣 一吸而盡 不暇辨味 俗莫甚焉

유기인이미식기취 일흡이진 불가변미 속막심언

그 사람이 차의 아취를 알지 못해서 한꺼번에 다 마신다면

맛을 구분할 틈도 없을 뿐 아니라 속되기 이를 데 없다.

—『고반여사(考槃餘事)』

治者最要得賢材 치자최요득현재

다스리는 자에게 가장 중요한 것은 어진 인재를 얻는 것이다.

—사마광(司馬光)

의역

나(한재) 자신도 차의 깊은 뜻을 잘 알지 못하고 그냥 차를 마셨는데, 『다경』을 읽고 다성(茶性)을 알고부터는 차가 군자의 길과 너무 비슷해서 인격도야에 큰 힘이 되었다.

세상에는 혜강이 『금부』를 짓고 도잠이 국화를 읊어 작은 일들을 잘 기억해 사람들의 입에 오르내리게 했는데, 이렇게 큰 공덕을 겸비한 차에 대해선 잘 모르게 버려두었으니, 이는 성현을 버려두고 쓰지 않는 것과 무엇이 다르겠는가. 세상에 정말 명마(名馬)가 없는 것인

가, 아니면 명마를 알아보는 이가 없는 것인가를 따진 한유의 심정처럼 안타깝기 그지없다.

於是考其名 驗其産上下其品 爲之賦

어시고기명 험기산상하기품 위지부

或曰 茶自入稅 反爲人病 子欲云云乎
　　주1　　　　주2　　　　주3

혹왈 다자입세 반위인병 자욕운운호

對曰 然 然是豈天生物之本意乎
　　　주4

대왈 연 연시기천생물지본의호

人也 非茶也 且余有疾 不可及此云
주5　　　　주6

인야 비다야 차여유질 불가급차운

🍃직역

이에 그 이름을 상고(詳考)하고 생산되는 차의 상하품을 증험하여 노래[賦]하려 하니, 어떤 이는 "차는 세금으로 받아 사람들에게 도리어 병폐가 되는 것이거늘 그대는 어찌 칭송하는 글을 쓰려는고" 한다. 내 대답해 가로되 "그렇다. 그러나 그런 현실이 어찌 하늘이 사물을 만든 본뜻이겠는가. 잘못은 사람에게 있는 것이지, 차에 있는 것은 아니다. 그리고 나는 차를 정말 좋아해서 그에 대해 말하고 싶지 않다."

주

주1 或

 '어떤 사람'을 뜻하는 '혹자(或者)'의 준말이다.

주2 反爲人病

 도리어 사람들에게 병폐가 된다.

주3 子欲云云乎

 그대는 (여기에 대해서) 무슨 말을 하려는가(좋다고 할 것이

 무엇인가).

주4 然 然

 앞의 연(然)은 긍정의 뜻이고, 뒤의 연(然)은 부정 곧 역접의

 의미로 쓰였다.

주5 人也 非茶也

 '사람에게 그 잘못이 있는 것이지 차에 있는 것이 아니다[其

 過在於人也 其過非在於茶也]'라는 뜻의 문장을 줄인 형태다.

物有本末 事有始終 知所先後 則近道矣

물유본말 사유시종 지소선후 즉근도의

물건에는 근본과 말단이 있고 일에는 처음과 끝이 있으니

그 선후를 알아서 처리하면 그것이 도에 가깝게 되는 것이다.

주6 **且余有疾**

'또 나에게 (차를 좋아하는) 병이 있어서'라는 뜻이다.

의역

이에 내가 차 이름[茶名]과 산지(産地)를 조사하고 체득해서 차를 마시는 참다운 뜻이 어떤 것인가에 대해 말해보려 한다. 지금 차가 백성들에게 세(稅) 부담을 주는데 무슨 얘기를 하느냐며 원망하는 이가 있으나, 이는 진정 사람(위정자)들의 잘못이지 차의 잘못은 아니다.

해설

자기가 좋아하는 것을 좇아서 일생을 즐기는 것은 공자의 일이관지(一以貫之)하는 불변의 선비정신[樂之終身 而無厭者 其性矣]이다. 이것은 유독 차뿐 아니라, 자신이 옳다고 생각하는 의로움을 따라 행하며 끝까지 굽히지 않고 실천궁행하는 군자의 도(道) 또한 같다.

한재가 발견한 다성(茶性)은 바로 자신이 설정한 궁극적 목표에 잘 어울리는 귀감이 된다. 차를 마시는 이는 정행검덕(精行儉德)을 지향하는 사람으로, 깨끗하게 마음의 여유를 가지고 세속에 구애받지 않고 한가로운 생활을 즐길 수 있어야 한다.

다목(茶木)의 뿌리는 직근성(直根性)을 지녀 한서(寒暑)와 풍설(風雪)에 위축되지 않는 굳은 지절(志節)이 있다[貫冬靑 濯霜秋榮]. 거기에 산천의 정기를 품고, 치청도화(致淸導和)하는 것이 바로 선비가 행해야 할 차의 정신이다.

당대에는 당파 간 알력이 심해서 자기 쪽이 아니면 그가 어떤 능력을 가졌더라도 관계에 나오지 못하도록 하여, 어질고 유능한 인재들도 그 능력을 발휘할 기회를 얻지 못했다[不可廢賢]. 한재는 그러한 점을 개탄했다.

더구나 국가의 기틀인 백성들이 차세(茶稅)로 인해 유리걸식(流離

乞食)하는 지경에 이른 것은 사람의 잘못이지 차의 잘못은 아니다. 현실을 무시한 탁상(卓上)의 이론으로 자신의 정파나 사욕에 눈이 멀어 백성들의 고충은 돌보지 않은 중앙관료나 목민관(牧民官) 들의 잘못이지, 그 책임이 어찌 차에 있으랴.

국민의 혈세를 받아 제 마음대로 지출하여 국고에 손실을 끼치고, 회생될 희망도 없는 기업에 융자해 주었다가 회수하지 못하고, 국고로 자금 지원을 받아서 겨우 운영되는 국영기업체에서 회사 임원들이나 간부들에게 고임금과 상여금을 흥청망청 주어, 국가 재정은 물론이고 국민 모두에게 손실을 안겨주는 지금의 현실과 다를 바 없다.

천도(天道)는 모든 생물이 태어나 서로 이롭게 도우며 살아가도록 되어 있는데, 사람들은 그 자연스런 법칙을 깨고 서로 적을 만들어 죽이고 빼앗아 잘못을 범하고 있다. 이런 인간들을 잘 가르쳐 인도해야 할 사람이 바로 군자들이니 어찌 다성(茶性)을 본받지 않을 수 있겠는가.

제2절 차의 품종과 그 산지 및 풍광

1

其辭曰 기사왈
주1

有物於此 厥類孔多
주2

유물어차 궐류공다

曰茗 曰荈 曰蘵 曰菠
주3   주4

왈명 왈천 왈한 왈파

仙掌 雷鳴 鳥嘴 雀舌 頭金
주5   주6   주7   주8   주9

선장 뇌명 조취 작설 두금

蠟面 龍鳳 召 的 山提
주10 주11 주12 주13 주14

납면 용봉 소 적 산제

勝金 靈草 薄側 仙芝 嬾蘂
주15 　주16 　주17 　주18 　주19

승금 영초 박측 선지 난예

運慶 福祿 華英 來泉
　　　　주20 　　　주21

운경 복녹 화영 내천

翎毛 指合 淸口 獨行 金茗 玉津
　　주22 　주23 　　　주24 　주25

영모 지합 청구 독행 금명 옥진

雨前 雨後 先春 早春
　　주26 　　　주27

우전 우후 선춘 조춘

進寶 雙溪 綠英 生黃
　　주28 　　주29

진보 쌍계 녹영 생황

或散 或片 或陰 或陽
　주30

혹산 혹편 혹음 혹양

含天地之粹氣 吸日月之休光
　　　　　　　　주31

함천지지수기 흡일월지휴광

🌿 직역

　그 글에 이르기를 이 사물에는 종류가 매우 많으니, 가로되 명, 천,

한, 파 등이다. 또 선인장, 뇌명, 조취, 작설, 두금, 납면, 용단봉병, 석

유, 적유, 산제, 승금, 영초, 박측, 선지, 눈예, 운, 경, 복, 녹, 화영, 내천, 영모, 지합, 청구, 독행, 금명, 옥진, 우전, 우후, 선춘, 조춘, 진보, 쌍계, 녹영, 생황 등이 혹은 산차로 혹은 편차로, 혹은 음지에서 혹은 양지에서 하늘과 땅의 순수한 정기를 머금고 해와 달의 아름다운 빛을 들이마셨네.

한자

嘴 : 부리 취, 별 이름 자, 거북 주. 원문(原文)에서는 취로 쓰였다.

蠟 : 밀랍 랍

嬾 : 게으를 란

蘂 : 꽃봉오리 예

茶 : 차나무 다 · 차, 차싹 다, 일찍 딴 차 다, 지아절(池芽切)

檟 : 차나무 가, 두 번째 딴 차 가, 팽나무 가

蔎 : 세 번째 딴 차 설

茗 : 차나무 명, 네 번째 딴 차 명

荈 : 늦깎이 차 천, 다섯 번째 딴 차 천

荼 : 씀바귀 도, 차 도, 차의 옛말[荼之古字], 동오절(同吾切)

梌 : 차 다, 차나무 도, 가래나무 도

茶 : 어조사 차, 차 차

且 : 또 차, 조상 제사 차

葭 : 갈대 가, 연잎 하

萌 : 싹틀 맹, 차싹 명

詫 : 드릴 타, 잔 드릴 투

荈 : 차의 옛말[茶之古字也]

蔊 : 꽈리 한

菠 : 시금치 파, 차 파

水厄 : 온정균(溫庭筠)이 쓴 『채다록(採茶錄)』에 수액(水厄)에 관
　　　한 이야기가 나온다.

❖ 진(晉)의 왕몽(王濛)이 차를 좋아해서 방문객들에게 차를 주었다. 그러나 사람들은 그 쓴 차를 마시는 것을 고역으로 생각해서, 그의 집을 방문하는 사람들이 "오늘도 물의 재앙[水厄]을 받는다"고 말하곤 했다.

저서에 따라 차는 각기 다른 이름으로 쓰이기도 했다. 『동군록(桐君錄)』에서는 과로(瓜蘆)라는 표현이, 배연(裵淵)이 쓴 『광주기(廣州記)』에서는 고로(皐盧)라는 표현이 나온다. 심회원(沈懷遠)이 쓴 『남월지(南越誌)』에서는 차를 과라(過羅)로 표현한다. 『본초(本草)』를

보면 고채(苦菜)라고 표현했다.

 주

주1 **其辭**

원문을 보면 병서에 붙어 있는데, 이해를 돕기 위해 여기에 붙였다. 흔히 병서가 끝나고 본문이 시작될 때 '기사왈(其辭曰)' 혹은 '기시왈(其詩曰)' 등을 붙여 본문의 시작을 알린다.

주2 **有物於此 厥類孔多**

일반적인 이론대로라면 그대로 '여기 사물이 있다면 어느 것이나 그 종류가 아주 많다'로 해석해야 하지만, 이 글에서는 '여기서 말하는 차라는 사물은 그 종류가 무척 많다'로 해석한다. '공(孔)'은 '구멍'이란 뜻 외에 '매우, 심히'란 뜻이 있다.

주3 **曰茗 曰荈**

『다경』에는 "그 이름이 다, 가, 설, 명, 천[其名 一曰茶 二曰檟 三曰蔎 四曰茗 五曰荈]"이라 하고, 곽홍농(郭弘農)의 말을 빌

어 "일찍 딴 것을 차, 늦게 딴 것을 명 혹은 천이라 했다[早取爲茶 晚取爲茗 或一曰荈耳]'고 했다. 또 『위왕화목지(魏王花木志)』에서 말하기를 "찻잎은 치자 잎과 비슷하고 달여서 마실 수 있다. 쇤 잎을 천이라 하고 어린잎을 명이라 한다[茶葉似梔 可煮爲飮 其老葉謂之荈 嫩葉謂之茗]'고 했다.

그래서 흔히 첫물차[茶], 두물차[檟], 세물차[蔎], 네물차[茗], 다섯물차[荈]로 보기도 하나 이것을 꼭 옳은 해석이라 하기는 어렵다. 다만 명(茗)이 천(荈)보다는 어린잎으로 만든 차임은 틀림없다. 그러나 많은 사람들이 시문에서 구분 없이 사용했고, 지금도 일반적으로 사용할 때는 그냥 차의 뜻으로 쓴다.

주4 曰蔊 曰菝

가) 여러 저서에 '한(蔊)'에 관한 기록들이 남아 있다.

　　한은 산장초(酸漿草)라고도 불린다.

蔊 蔊蔣也 酸漿草也

한 한장야 산장초야

多年生或一年生草本 果實入藥

다년생혹일년생초본 과실입약

菓蔣逼側於池湖 管蒯骈填於原隰

한장핍측어지호 관괴병전어원습

한은 다른 이름으로 한장,

곧 산장초라 불리는 식물이다.

다년생도 있고 일년생도 있는데 열매는 약으로 쓴다.

못이나 호수 가까이서 자라고

낮은 습지에서 관괴(管蒯 왕골이나 기령풀)와 함께 빼곡히 자란다.

—남조(南朝) 양(梁), 유효표(劉孝標), 『동양금화산서지(東陽金華山樓志)』

主黃疸 根味絶苦 擣取汁飮之 多效

주황달 근미절고 도취즙음지 다효

한은 황달에 주로 쓰이고 뿌리는 몹시 쓴데

찧어서 즙을 내어 마시면 효과가 크다.

—『동의보감』, 「본초(本草)」

性微溫 一云微寒 성미온 일운미한

味辛苦 無毒 미신고 무독

治一百六十種惡風 除風頭痛 치일백육십종악풍 제풍두통

悅顔色 열안색

葉似白芷香 又似芎藭 頭痛 엽사백지향 우사궁궁 두통

…

慶尙道玄風地有之 경상도현풍지유지

한은 성질이 약간 따뜻하기도 하고 또 조금 차기도 한 것으로

맛이 쓰고 독이 없으며

160여 종의 나쁜 풍을 다스려 두통도 없애고

얼굴을 밝게 한다.

잎은 백지향 같고 궁궁이 같기도 하며, 두통에 좋다.

…

경상도 현풍지역에서 자란다.

— 『동의보감』, 고본(藁本)

酸漿草 本初 名 酢漿草 一名 醋母草

산장초 본초 명 초장초 일명 초모초

산장초는 『본초』에서 초장초(酢漿草)라 했고 일명 초모초라고도 했다.

— 명(明) 서광계(徐光啓), 『농정전서(農政全書)』, 46권

多年生草本植物 다년생초본식물

葡萄莖 掌狀複葉 小葉三片 포도경 장상복엽 소엽삼편

花黃色 蒴果圓柱形 全草可以入藥

화황색 삭과원주형 전초가이입약

內服有 解熱 利尿等作用 내복유 해열 이뇨등작용

外用可以治疥癬等皮膚病 외용가이치개선등피부병

다년생 풀인 식물로서

포도 줄기에 손바닥 같은 잎이 겹으로 조그만 것이 셋이다.

노란 꽃에 동그란 열매를 맺으며 모든 부분을 다 약재로 쓴다.

복용하면 해열과 이뇨에 도움이 되고

외용으로는 버짐 같은 피부병에 좋다.

—이시진(李時珍),『본초강목(本草綱目)』, 초(草)9, 초장초(酢漿草)

草名 多年生草本 초명 다년생초본

高二三尺 葉卵形而尖 고이삼척 엽란형이첨

六七月開白花 開花後 육칠월개백화 개화후

萼肥大成囊狀 包圍漿果 악비대성낭상 포위장과

其色紅 根莖花實均可入藥 기색홍 근경화실균가입약

有清熱化痰的功用 유청열화담적공용

풀 이름으로 다년생 식물이며

높이가 두세 자 되고 잎은 알처럼 둥글며 끝이 뾰족하다.

6, 7월에 흰 꽃이 피고, 꽃이 핀 다음에

주머니 모양의 꽃잎들이 붉은 열매를 감싼다.

뿌리, 줄기, 꽃, 열매 모두 약재로 쓰이고

열이 나서 염증을 일으키는 데 효과가 있다.

—이시진, 『본초강목』, 초5, 산장(酸漿)

酸漿 酢漿草 別名 산장 초장초 별명

산장은 초장초의 별명이다.

—이시진, 『본초강목』, 초5, 산장

小兒食之能除熱 有益 소아식지능제열 유익

어린아이가 먹으면 능히 열을 내린다.

—『본초(本草)』

性平寒 味酸無毒 主熱煩懣 利水道 治難産 療喉痺

성평한 미산무독 주열번만 이수도 치난산 요후비

성질이 보통 차고 맛이 쓰고 독이 없으며,

열이 올라 괴로운 것을 치료하고, 소변이 잘 나오고,

난산을 치료하며, 목에 난 병에 좋다.

—『동의보감』

古代一種含有酸味的飮料 고대일종함유산미적음료

고대에 신맛을 가진 일종의 음료였다.

—『제민요술(齊民要術)』, 대소릉(大小夌), 인(引), 『범승지서(氾勝之書)』

處處人家多有 葉可食 처처인가다유 엽가식

子作房 房中有子 如梅李大 자작방 방중유자 여매리대

초장초는 인가마다 많이 있어서 잎을 먹고

씨는 따로 열매를 맺어 크기가 매실이나 자두만 하다.

—『이아(爾雅)』

葴卽蕃漿 今酸漿草 침즉한장 금산장초

침은 한장인데 지금의 산장초다.

—『본초(本初)』

등롱초(燈籠草) : 꽈리이며 맛이 쓰다[酸苦].

百花衰謝又秋風　백화쇠사우추풍

獨有酸漿爛熳紅　독유산장란만홍

屈子離騷雖見擯　굴자리소수견빈

羲農本草欲輸功　희농본초욕수공

小娥細擷簪頭上　소아세힐잠두상

童子潛偸滿袖中　동자잠투만수중

多病老翁成一笑　다병노옹성일소

感時感物思無窮　감시감물사무궁

온갖 꽃 가을바람에 시들어 지는데

오직 꽈리만이 울긋불긋 피어 있다네.

굴원의 「이소」에는 비록 보여도 하찮고

신농씨의 『본초』에는 공이 있었네.

어린 계집아이는 그걸 따서 머리장식하고

머슴아이는 몰래 소매 가득 넣었네.

그걸 보고 병든 늙은이 활짝 웃으니

때와 사물에 대한 생각 한이 없어라.

—서거정, 「영산장(詠酸漿)」

酸漿又報後園梅 산장우보후원매

산장이 나온 후에 후원에 매화가 피었다네

―서거정, 『만제(謾題)』

紛生堂陛下 長養到秋寒 분생당폐하 장양도추한

忽見靑羅袋 中懸赤玉丸 홀견청라대 중현적옥환

剝皮星燦爛 和密露凝溥 박피성찬란 화밀로응부

識得名漿意 能沾講舌乾 식득명장의 능첨강설건

산장이 계단 아래 어지럽게 생겨서 추운 가을까지 자란다네.

홀연히 푸른 비단자루 보이더니 가운데 붉은 구슬 달렸네.

껍질 벗으니 별처럼 찬란하고 이슬 머금으며 점점 커지네.

장이라는 이름 붙인 뜻 알겠으니 마른 혀 적셔 부드럽게 한다네.

―성현, 『외가팔영(外家八詠)』, 「우산장자(右酸漿子)」

時復弄酸漿 芭蕉何所樂 시부롱산장 파초하소악

계절마다 산장초를 즐기니, 파초로 어찌 즐거우리.

―신경준, 「채포인(菜圃引)」

醋者酸漿也 有云作味酸之醋者乎

초자산장야 유운작미산지초자호

초란 산장을 이른다. 신맛을 내는 초라는 것을 말한다.

—정약용, 「발휘어강유이생효(發揮於剛柔而生爻)」

나) 파(菠, 시금치)에 관한 기록도 많다.

菜蔬名 又名菠薐菜 채소명 우명파릉채

一年或二年生草本植物 일년혹이년생초본식물

葉子略呈三角形 根略帶紅色 엽자략정삼각형 근략대홍색

花黃綠色 화황록색

莖和葉子可食 富鐵質 경화엽자가식 부철질

葉之菠薐 本西國中有 엽지파릉 본서국중유

僧將其子來 如苜蓿 승장기자래 여목숙

蒲陶 因張騫而至也 포도 인장건이지야

絢曰 豈非頗稜國將來 현왈 기비파릉국장래

而語訛爲菠薐耶 이어와위파릉야

宋孫奕 履齋示兒編 字說 集字二

송손혁 이재시아편 자설 집자이

藝苑雌黃 云 예원자황 운

...

蔬品有頗陵者 昔人自頗陵國 소품유파릉자 석인자파릉국

將其子來 因以爲名 장기자래 인이위명

今俗乃從艸而爲菠薐 금속내종초이위파릉

파채(菠菜)는 채소의 이름으로 일명 파릉채라고도 한다.

일년생 혹은 이년생 식물로

잎은 삼각형이고 뿌리는 붉은색을 띠며 황록색 꽃이 핀다.

줄기와 잎은 먹을 수 있고 철분이 풍부하다.

잎을 파릉이라 하는 것은 원래 서쪽나라에서 장건이

목숙(거여목, 말과 소의 먹이로 쓰는 식물)과 포도를 가져온 것처럼

스님이 씨앗을 가져왔기 때문이다.

현에 이르기를 "어찌 파릉(頗稜)국에서 온 것을 파릉(菠稜)이라고

잘못 전한 것이 아니겠는가"라고 했다.

송(宋)대의 손혁이 『예원자황』에서 이르기를

...

"채소에 파릉이라는 것이 있는데 예전에 파릉국에서

그 씨를 가져와 붙인 이름이다.

지금 세속에서는 초(艸)를 붙여 파릉(菠薐)이라 한다."

性冷微毒 利五臟 성냉미독 이오장

通腸胃熱 解酒毒 통장위열 해주독

生圃中 人常採食 생포중 인상채식

然不可多食 令脚弱 연불가다식 영각약

파릉은 성질이 차고 약간의 독이 있으며

오장에 이롭고 장을 트이게 하며 주독을 풀어준다.

밭에 심어서 사람들이 언제나 뜯어서 먹지만

많이 먹으면 다리가 약해져서 좋지 않다.

—『동의보감』

一曰菠菜 本作菠薐 일왈파채 본작파릉

蔬類 原西域菠薐郡産 소류 원서역파릉군산

唐時種始入中國 당시종시입중국

葉略如三角形而尖 엽략여삼각형이첨

基部又旁出兩尖 기부우방출양첨

莖高尺餘 花小而黃綠 경고척여 화소이황록

雌雄異株 根色赤 자웅이주 근색적

味甛 嫩時以爲常蔬 越冬耐寒 미첨 눈시이위상소 월동내한

파릉채는 파채라고도 하는데

이는 파릉에서 온 말이며, 채소 종류 중 하나다.

원래 서역의 파릉국에서 생산되는 것인데

당나라 때 처음 씨가 중국으로 들어왔다.

잎은 삼각형 모양이고 끝이 뾰족하며

아랫부분에 뾰족한 두 잎이 난다.

줄기는 한 자 가량이며 꽃은 황록색을 띠는데 작고

암수가 다른 그루이며, 뿌리는 붉고 맛은 달다.

어렸을 땐 뜯어서 나물로 먹고 추위에 강해서 월동한다.

—『사원(辭源)』

我有荒田數頃餘 아유황전수경여

秋來擬種滿園蔬 추래의종만원소

感君多送青菠子 감군다송청파자

急喚僮奴送弊廬 급환동노송폐려

나에게 거친 밭 몇 경이 있어서

가을이 오면 원에 채소가 가득하다네.

그대에게 고마워 청파자를 보내고

종들을 급히 불러 내 집에도 보낸다네.

—서거정, 「사김소윤동년 영유 송파채자(謝金少尹同年 永濡 送菠菜子)」

圓莖如竹葉如磐 원경여죽엽여반

滿甕沈虀味自酸 만옹침제미자산

預識秋來滋味足 예식추래자미족

煩君爲我一來看 번군위아일래간

둥근 줄기는 대와 같고 잎은 쟁반 같아

항아리 가득 양념해서 두면 그 맛 새콤하다네.

가을이 오면 맛이 좋다는 것 알게 되리니

번거롭더라도 그대 한번 오지 않겠나.

—서거정,「사김소윤동년 영유 송파채자」

七月 以水浸子二三日 칠월 이수침자이삼일

看殼軟撈出控乾 就地以盆蓋合 간각연로출공건 취지이분개합

候生芽 宜肥地鬆土內種之 후생아 의비지송토내종지

以水澆則茂 初種時 이수요즉무 초종시

務要過月朔乃生 무요과월삭내생

假如初二三日種 與二十六七日種者

가여초이삼일종 여이십륙칠일종자

皆過來月初一日方生 개과래월초일일방생

驗之信然 苣菜同 험지신연 현채동

칠월에 그것을 2~3일 물에 담가두었다가

껍질이 부드러워지면 건져서 물을 비우고 땅에 덮어두었다가

싹이 트는 것을 보아 기름지고 푸석한 땅에 심고

물을 주면 잘 자란다.

처음 씨를 뿌리면 반드시 달을 지나야 싹이 트는데

이를테면 초 2~3일에 심은 것이나

26~27일에 뿌린 것이나 모두 다음 달 초하루면 싹이 튼다.

경험해 보면 과연 그렇고 비름나물과 같다.

―홍만선, 『산림경제』, 「종파채(種笓菜)시근치」

菠菜俗名時根菜 파채속명시근채

능은 파채이니 세속에서 시근채라 한다.

―김경선, 『연원직지(燕轅直指)』, 「유관별록(留館別錄)」

菠菜俗名時根 파채속명시근

파채는 세속에서 시근이라 한다.

―김창업, 『연행일기(燕行日記)』

夕飯 見白菜及菱菠菜 味皆新 不覺加飯

석반 견백채급릉파채 미개신 불각가반

저녁밥에 배추와 시금치가 올랐는데

맛이 새로워 나도 모르게 밥을 더 먹었다.

　　　　　　　　　　　　　　　　—김창업, 『연행일기』

다) 파차(菠茶)와 한차(蕈茶)를 직접 만들어 달여 마셔보았다.

어떻게 차를 만들어 마셨고 그 색·향·미는 어떠했는지,

그 결과는 다음과 같다.

파차
일시 : 2007년 5월 20일
장소 : 춘천
제다인 : 송임숙 님[8]
제다 과정 : 시금치 잎 세척 → 전자레인지에 1분 동안 찌기[蒸]
→ 건조기로 수분 제거 → 3회에 걸쳐 덖기 → 둥근[丸] 모양으로
유념하기 → 4시간 동안 건조 → 솥에 덖어 완성

---

8) 차를 좋아하여 공부에 정진한 지 오래고, 특히 대용차 만드는 분야에서 가히 독보
적인 경지를 개척한 분이다. 그가 만든 대용차의 종류만도 30여 종을 상회한다. 특
히 야생 재료를 직접 채취하여 손으로 만들기 때문에 그 풍미와 약효가 가히 놀랍
다. 필자가 이때까지 보아온 많은 차인 중에서 진정한 다성(茶性)을 실천하는 몇
안 되는 참다운 차인이다.

색 : 담황색

맛 : 감미(甘味)가 도는 맛

향 : 녹차와 발효차의 중간 정도

한차

일시 : 2007년 8월 초순

장소 : 춘천

제다인 : 송임숙 님

제다 과정 : 꽈리 잎 세척 → 전자레인지에 3분 동안 찌기[蒸] →
건조기로 수분 제거 → 5회에 걸쳐 덖기

색 : 짙은 담녹색

맛 : 심한 쓴맛[苦味]

향 : 나물 향

직접 만들어 마셔본 결과, 파차와 한차는 대용차로서 손색이
없었다. 그러나 한재가 말한 차가 꼭 꽈리나 시금치로 만든 차
라고 단정하기는 어렵다. 차의 분류로서 두 차의 이름을 제시
한 것이라고 생각한다.

논(論)

아직도 정론이 없어서 지금까지 나온 주장들을 정리해 보았다.

㉠ 최영성은 '명(茗)과 천(荈)을 구분하듯이 한과 파 또한 구분해

야 한다'고 주장했는데, 이는 올바른 판단이라고 본다. 필자는 명과 천이 차의 품질이나 채취시기에 의한 분류라면 한과 파는 맛과 효능에 의한 분류였다고 본다.

ⓛ 『동의보감』에 '한은 평(平)하고 한(寒)하다'는 설명이 나온다. 또 파는 내한성(耐寒性)이 강하다고 한다. 이것이 최영성의 '한파릉설(寒波凌雪)의 기개로 내가 세상에 태어나 모진 세파를 이겨나가며[我生世兮風波惡]'라는 주장의 바탕이 된다. 최영성의 주장은 『다부』에 반영된 철학과 관계 지은 좋은 발상이기는 하나, 한에서 초(艸)를 빼고, 파에서도 초(艸)를 없앤 것과 필연적인 당위론이 성립되기는 힘들다. 만약에 한재가 그렇게 생각했다면 왜 한과 파를 나누었을까를 생각해 볼 때 명확한 답이 나오지 않는다. 즉 두 글자가 뜻하는 바가 같은 쪽의 것을 지칭하기 때문에 구분할 명분이 확실치 않다. 또 한재가 차를 현인에 비유할 정도로 고귀하게 생각하여 찬양한 글이 『다부』인데 거기에 세파의 쓰라린 의미가 담긴 이름을 붙여 고난의 표상으로만 삼은 것도 이상하게 느껴진다.

ⓒ 이은주는 '다, 가, 설, 명, 천을 묶어 한이라 하였다'고 봤다. 그러나 이는 단순히 편의상으로 분류한 것이지 이론적인 근거가

빈약하다.

ⓛ 일인 스님의 주장을 번역한 이항규의 주장을 보면, 한과 파를 유전자 가설에 입각하여 소립자의 파동과 연관 지었다. 곧 테아닌(Theanine)의 효과에 따라 도파민(Dopamine)이 방출되는 것과 연관 지었다. 이는 필자가 스님이기 때문에 오는 형이상적인 측면을 말했으나, 현실적으로 한재가 그런 뜻으로 쓴 것이라고 쉽게 납득하기는 힘들다. 이 책을 쓴 당시에 그런 생각을 했으리라고는 수긍 가지 않기 때문이다. 지금 와서 생각해 보니 그런 효과와 관련이 있다는 것은 한과 파를 규명하는 데 도움이 되지 못한다. 아무리 『다부』의 내용이 깊은 철학적 의미를 지녔다 하더라도 한과 파는 엄연히 차의 분류 명칭으로 사용되었다는 점을 잊어서는 안 된다. 다만, 그 이름이 다른 차에 관한 기록에서는 발견되지 않는다는 점과 설명이 쉽게 되지 않는다는 점이 있다.

결(結)

한은 다년생 식물로, 전체가 약재로 쓰이고, 맛이 쓴, 찬 성질의 식물이다. 흰 꽃이 피고, 두통과 피부병 등 많은 병에 도움이 되고, 독이 없으며, 의약서에 많이 기록되어 있다. 가을에 꽃이 피고, 이뇨작용에 도움이 되며, 예전엔 음료로 사용했다. 신맛을 내기 때문에 입이 마를 때도 마셨다.

파는 일·이년생 식물로, 약간의 독성이 있지만 줄기와 잎을 먹을 수 있는 식물이다. 성질은 차고 주독(酒毒)과 장(腸)의 막힘을 풀어주며, 노란 꽃이 피는 채소다. 암수가 다른 나무이고 맛은 달며 추위에 강하여 월동(越冬)한다.

라) 한과 파의 공통점과 상이점을 정리해 보겠다.

공통점

㉠ 찬 성질을 지녔다.

㉡ 가을에 꽃[秋花 耐寒]이 핀다.

㉢ 약용으로 쓰여 주로 의약서에 많이 기록되었다.

㉣ 2년 혹은 다년생 식물이다.

㉤ 먹는 채소, 곧 식물이다.

㉥ 약간의 내한성을 가졌다.

㉦ 이뇨작용이 있어서 숙취 해소[醒酒]에 좋다.

상이점

㉠ 한은 해열, 이뇨작용이 있고, 맛은 시고 떫다. 파는 달고, 시고, 산뜻한 맛이 나며 약간의 독성이 있다.

㉡ 한은 두통에 좋고, 파는 적체(積滯)에 좋다.

ⓒ 한은 옛날 신맛이 나는 음료의 일종[古代─種含有酸味的飮料]이
  었다. 여기서 한파는 각각의 차 이름으로, 한과 파를 지칭하기보
  다는 둘의 특징과 공통성을 비유해 보건대 차 전체를 한과 파에
  대입시켜 이분(二分)한 것으로 보인다.

한과 파가 가진 특성을 보면 여러 면에서 지금의 차와 공통점
이 무척 많다. 더구나 『제민요술』에 따르면 고대에도 이를 음
료로 사용했다고 하니, 한재는 그것을 이미 알고 한과 파를
음용하는 차의 분류에 사용했다. 어쩌면 한재 자신은 한과
파라는 차의 이름을 들었거나, 그 둘의 차이를 잘 알았을 것
이다. 그렇지 않다면 한재 같은 도학자가 아무 근거도 없는
용어를 설명도 없이 독단적으로 이런 문장에 적었다는 점이
상식적으로 이해가 가지 않는다.
물론 한재가 한이나 파를 가지고 직접 차를 만들었다는 것은
아니지만, 필자가 직접 실험해서 만들어본 결과 역시 여러
기록들과 일치하는 부분이 많았다. 그래서 이상의 여러 기록
물과 실험으로 추출할 수 있는 것을 정리해 보면, 한은 약효
가 강하고 깊으며 맛이 쓸쓸하고 떫은, 고차(苦茶) 계통의 차
이고, 파는 어린잎으로 만들어 달고 섬세하며 부드러운 차였
다. 약리적인 효과는 우전(雨前) 같은 여린 차보다는 중작이

나 대작 같은 차가 좋고, 소엽종의 차보다는 대엽종의 차가
좋고, 어린 나무에서 딴 차보다는 대다수(大茶樹)에서 딴 차
가 좋다. 그러나 이런 차들의 맛이 더 강하고 감각적인 즐거
움보다는 약리적인 면이 강해진다는 점을 인정할 수 있다.

주5 仙掌

선장(仙掌)은 옥천선장(玉泉仙掌)을 의미한다.

李白詩集序 荊州玉泉寺近 이백시집서 형주옥천사근

清溪諸山 山洞往往有乳窟 청계제산 산동왕왕유유굴

窟中多玉泉交流 굴중다옥천교류

其水邊有茗草羅生 기수변유명초라생

枝葉如碧玉拳然重疊 其狀如手 지엽여벽옥권연중첩 기상여수

號爲仙人掌 蓋曠古未覿也 호위선인장 개광고미관야

惟玉泉眞公 常採而飮之 유옥천진공 상채이음지

年八十餘 顔色如桃花 연팔십여 안색여도화

此茗淸香滑熟 異於他産 차명청향활숙 이어타산

所以能還童振枯 扶人壽也 소이능환동진고 부인수야

…

僧中孚示李白呼仙人掌 梅聖兪詩

승중부시이백호선인장 매성유시

莫誇李白仙人掌 且作盧仝走筆章

막과이백선인장 차작노동주필장

이백의 시집 서문에

"형주 옥천사 근처의 여러 산에는

산골짜기에 군데군데 종유굴이 있고

굴 안에는 옥 같은 샘물이 얽혀 흐른다.

그 물이 흘러내리는 주변에 차나무가 빽빽하게 자란다.

줄기와 잎이 벽옥을 포갠 듯하고

모양이 손 같아서 선인장이라 불렀으니

대개 옛날에는 보지 못한 것이다.

다만 옥천사의 진공 화상이 항상 그것을 채취해서 달여 마셨는데

나이 팔십이 넘어서도 안색이 복사꽃처럼 붉었다.

이 차가 향이 맑고 부드러워 다른 곳에서 생산되는 것과는 달리

능히 시든 몸을 젊게 하여 사람의 목숨을 연장시키더라.

…

중부 스님이 이백에게 보이니 선인장이라 이름 했다"고 한다.

매요신(梅堯臣)은 시에서

"이백의 선인장 차만 자랑하지 마라

노동(盧仝)의「칠완다가」도 있느니"라고 했다.

　　　　　　　　　　　　　　　　—유원장(劉源長),『다사(茶史)』

주6 雷鳴

뇌명(雷鳴)에 관한 이야기가 오(五)대 모문석의『다보』에 나
온다. 이것은『사천통지(四川通志)』에서 나오는 몽산의 스님
에 관한 내용과도 비슷하다.

仙家有雷鳴茶 常以春分之前後 선가유뢰명차 상이춘분지전후

多備人力俟雷之發聲 다비인력사뢰지발성

倂手採摘 以多爲貴 병수채적 이다위귀

至三日而止 若一兩煎服 지삼일이지 약일량전복

能去宿疾 二兩當眼前無疾 능거숙질 이량당안전무질

三兩換骨 四兩卽爲地仙 삼량환골 사량즉위지선

선도를 닦는 집에 뇌명차가 있으니

언제나 춘분 전후에 차 따는 인부들을 많이 준비하고 있다가

우레 소리가 날 때를 기다려

한꺼번에 딴 것을 아주 귀하게 여기는데 사흘을 따고 그친다.

만약 이것을 한 양만 달여 마시면 앓던 병들이 다 없어지고

두 양을 달여 마시면 눈앞에서 병이 다 없어지고

세 양을 달여 마시면 환골탈태하고

네 양을 마시면 곧 땅 위의 신선이 된다.

—모문석, 『다보』

주7 鳥嘴

싹의 모양이 마치 새의 부리와 같아서 붙인 이름이다[狀如鳥
嘴而名].

주8 雀舌

어린 찻잎으로 만들어서 그 형상이 작고 뾰족하여 참새의 혀
와 같다고 붙여진 이름이다. 모문석의 『다보』에 "횡원의 작
설, 조취, 맥과 등은 모두 어린싹으로 만들어서 그 모양이 새
혀와 비슷했다[其橫源雀舌, 鳥嘴, 麥顆 蓋取其嫩芽所造 以其
芽似之也]"는 내용이 나온다. 당(唐)나라 유우석(劉禹錫)은
"화로에 작설 넣어 차를 달이네[添爐烹雀舌]"라고 읊었고, 명
(明)나라 구우(瞿佑)는 「다당(茶鐺)」이라는 시에서 "꼬불꼬
불한 길 달리는 수레소리 점점 급해지니, 떠도는 작설의 향기

에 꿈에서 깨었다네[車轉羊腸聲漸急 香浮雀舌夢初回]"라고
노래했다.

주9 頭金

마단림(馬端臨)의 『문헌통고(文獻通考)』를 보면 두금(頭金)
은 송(宋)대의 증청단차(蒸靑團茶)로, 건주(建州)와 검주(劍
州)에서 생산되었다.

주10 蠟面

증청단차로 만들 때, 향료와 고유(膏油)를 넣어서 끓인 후
에 유화가 납(蠟)이 엉긴 듯이 뜨기 때문에 붙인 이름이다.
그 제조는 남당(南唐) 말에 시작되어 송대에 많이 쓰였다.
용뇌향(龍腦香)을 넣었으며, 건주에서 주로 만들었다. 이
는 정대창(程大昌)의 『연번로(演繁露)』, 양문공(楊文公)의
『담원(談苑)』, 서광계(徐光啓)의 『농정전서(農政全書)』 등
에 실려 있다.

주11 龍鳳

송대 건안에서 만든 증청단차로 둥근 모양의 표면에 용과 봉,

그리고 화문(花紋)의 도장을 찍었다. 용문이 있는 것을 용단(龍團), 봉문이 있는 것을 봉단(鳳團)이라 했다. 후에 지름을 작게 만든 것을 소용단(小龍團) 또는 소봉단(小鳳團)이라 하여, 『대관다론』에서는 "용단봉병(龍團鳳餠)이 명관천하(名冠天下)"라고 했다. 이는 진종(眞宗) 때 정위(丁謂)가 복건(福建) 전운사(轉運使)로 있으면서 처음 만들기 시작해서 뒤에 인종(仁宗) 때 채양(蔡襄)이 완성했다.

^{주12} *召*

'석(石)'의 오기(誤記)로 본다. 『이평사집』에는 '석(石)'에 가깝게 쓰였는데, 후에 『한재문집』으로 간행할 때 '소(召)'로 잘못 옮겼다. '석유(石乳)'는 송대의 증청단차로 건주공다 중의 하나였다. 북원(北苑)의 연평(延平)과 무이(武夷)에서 돌벼랑에 무성한 찻잎들로 만들었고, 후에 원(元)대에는 무이산에 관다장(官茶場)을 설립하여 공다(貢茶)를 만들었다. 웅번(熊蕃)의 『선화북원공다록(宣和北苑貢茶錄)』에는 "또 한 종류의 차가 돌벼랑에 붙어서 무성하여, 지도 연간에 왕명으로 만들어서 석유라고 이름했다[又一種茶 從生石崖 枝葉幷茂 至道中 有詔造之 別號石乳]"라 했고, 주

양공(周亮工)의 『민소기(閩小記)』에서는 "먼저 건주의 공 다품으로 북원의 용단을 제일로 삼으니, 무이의 석유 이름 은 나지 않았다. 지원 연간에 무이에 차 제조창을 만들어서 북원에서 생산되는 차와 함께 일컬어졌다[先是建州貢茶 首 稱北苑龍團 而武夷石乳之名未著 至元設場于武夷 遂與北苑 竝稱]"고 했다.

주13 **的**

'적유(的乳)'를 말하며 송대 증청단차로 마령(馬令)의 『남당 서(南唐書)』에 기록되어 있다. 남당 때 처음 만들고 송대에 입공(入貢)되었다고 하여 그 이름이 『북원공다록』과 매요신 의 시에도 보인다.

주14 **山提**

『문헌통고』에 따르면 '산정(山挺)'의 오기로 본다. 이것은 송 대의 증청단차로 복건성(福建省) 남검주(南劍州)에서 생산 되었다. 송대 악사(樂史)의 『태평환우기(太平寰宇記)』와 마 단림의 『문헌통고』 「권지일(卷之一)」에 실려 있다.

주15 **勝金**

송대의 증청차의 이름으로, 광서 13년(1887)에 쓴 『신안지(新安志)』에 "덩이차 여덟 종과 산차가 있었는데 그중의 하나가 승금이다[茶則有勝金, 嫩蘂, 仙芝, 來泉, 先春, 運合, 華英之品 又有不及號者 是爲片茶八種 其散茶號茗茶]"라는 내용이 있다.

주16 **靈草**

송대에 담주(潭州)에서 생산되던 편차 이름으로 『송사(宋史)』 「태조기(太祖記)」와 『호남통지(湖南通志)』 등에 실려 전한다.

주17 **薄側**

송대 단차 계통의 차로 하남성(河南省) 경내 광주(光州)에서 생산되었으며, 『문헌통고』에 그 이름이 전한다.

주18 **仙芝**

송대 단차의 이름으로 요주(饒州), 지주(池州) 등지에서 생산되었고 『호남통지』 175권에 그 이름이 나온다. 그 외에도 명의 황일정(黃一正)이 쓴 『사물감주(事物紺珠)』와 진인석(陳仁錫)의 『잠학류서(潛确類書)』에서도 언급되었다.

주19 嬾蘂

송대 단차의 이름으로 요주, 지주 등지 경덕진(景德鎭) 일대와 안휘성(安徽省)에서 생산되었고, 『문헌통고』에 그 이름이 나온다. 난(嬾) 자는 어릴 눈(嫩) 자의 오기다.

주20 運慶福祿

송대의 단차인 운합(運合), 경합(慶合), 복합(福合), 녹합(祿合)을 지칭하며, 지금의 강서(江西) 경덕진 일대와 안휘(安徽)의 귀지(貴池) 일대인 요주, 지주에서 생산되었다고 『문헌통고』 18권에 나온다.

주21 華英 來泉

화영(華英)은 송대 단차로 지금의 안휘 흡현(歙縣)과 기문(祁門) 일대로 알려진 흡주(歙州)에서 생산되었다. 내천(來泉)은 송대 희령(熙寧) 연간의 단차로 『신안지』에 그 이름이 전한다.

주22 翎毛 指合

영모(翎毛)는 『송사』에 나오는 차 이름으로 악주(岳州)에서
생산되었다. 장겸덕(張謙德)의 『다경』과 방이지(方以智)의
『통아(通雅)』, 황본기(黃本驥)의 『호남방물지(湖南方物志)』
등에 황령모(黃翎毛)라는 이름으로 남아 있다. 지합(指合)은
운합(運合), 경합(慶合), 복합(福合), 녹합(祿合) 등과 같이 요
주, 지주에서 생산된 송대 단차 이름이다.

주23 淸口

지금의 호북성(湖北省) 자귀(秭歸) 지방인 귀주(歸州)에서
생산된 송대의 산차(散茶)로 『문헌통고』와 『송사』에 나온다.
청(淸) 자는 청(靑) 자의 오기이다.

주24 獨行 金茗

독행(獨行)은 지금의 호남성 장사(長沙) 지방인 담주(潭州)
에서 생산된 송대 단차로 방이지의 『통아』와 황본기의 『호남
방물지』에 나온다. 금명(金茗) 역시 담주에서 생산된 송대 단
차로 『문헌통고』에 나온다.

주25 玉津

지금의 강서성 중부지역인 임강군(臨江軍)에서 생산된 송대 단차로 『송사』와 장겸덕의 『다경』에 그 기록이 전한다.

주26 雨前 雨後

우전(雨前)과 우후(雨後)는 형호(荊湖)지역에서 생산된 송대 의 증청산차(蒸靑散茶)로 『송사』에 기록이 보인다. [散茶有 岳麓, 草子, 楊樹, 雨前, 雨後 出荊湖] 우전은 채다 시기가 빠른 것이고, 우후는 곡우 다음에 딴 차를 말한다.

주27 先春 早春

선춘(先春)은 '이른 봄에 따서 만든다'는 계절적인 의미에서 나온 차 이름으로 명대의 명차 중에 '건주선춘(建州先春)'이 라는 좋은 산차가 있었다. 심덕부(沈德符)가 쓴 『야획편보유 (野獲編補遺)』에 "임금이 백성들의 중노동 때문에 용단차 만 드는 것을 파하고, 잎을 따서 차를 만들어 바치니, 네 가지 품 등이 있는데 탐춘, 선춘, 차춘, 자순이었다[上以重勞民力 罷 造龍團 惟采茶芽以進 其品有四 曰探春, 先春, 次春, 紫筍]"고 하여 탐춘, 선춘, 차춘, 자순의 네 가지 산차가 있었다고 했

다. 서발의 『다고(茶考)』에도 "선춘, 탐춘, 차춘의 세 등급이
있고, 또 기창이 있는 석유 같은 품등도 색과 향이 북원차에
못지않더라[有先春, 探春, 次春三品 又有旗槍 石乳諸品 色香
不減北苑]"는 내용이 적혀 있다. 『호남통지』와 『신안지』에도
이름이 전한다. 조춘(早春)은 송대에는 편차로 흡주에서 생
산되었다고 『문헌통고』에 나오고, 허차서(許次紓)의 『다소』
에는 7, 8월에 만드는 차에 조춘이 있는데 그 품질이 아주 좋
다고 했다.

주28 進寶 雙溪

이 두 차는 편차(片茶)로 『호북통지』와 『문헌통고』에 모두
흥국군(興國軍)에서 생산되었다고 했다. 그리고 쌍계(雙溪)
는 쌍승(雙勝)의 오기로 본다.

片茶有進寶 雙勝 寶山 편차유진보 쌍승 보산

兩府 皆出興國軍 高宗建炎初 양부 개출흥국군 고종건염초

罷天下榷茶合同場十七處 파천하각다합동장십칠처

而興國軍與潭州 이흥국군여담주

建州 洪州 江州仍置場 監 건주 홍주 강주잉치장 감

官 各一員 可知其出産之盛矣 관각일원 가지기출산지성의

편차인 진보, 쌍승, 보산, 양부는 모두 흥국군에서 난다.

고종 건염 초에 천하의 각다장 17곳을 다 파하고,

흥국군과 담주, 건주, 홍주, 강주에 각다장을 설치해서

감독관을 각 한 사람씩 보내서 감독하게 했다.

주29 綠英 生黃

『문헌통고』에 녹영(綠英)은 송대의 단차로 지금의 강서성 경내인 원주(袁州)에서 산출되었다는 기록이 있다. 생황(生黃)은 황차 계열의 차로 생각된다. 곽산(籗山) 지방의 황차는 서한(西漢) 때부터 이름이 있었다.

주30 或散 或片

산차(散茶)는 잎 하나하나가 떨어져 있는 상태의 차를 지칭하며 혹은 엽차(葉茶)라 부르기도 한다. 신선한 찻잎을 채취하여 살청(殺靑) 등의 과정을 거쳐, 찧거나 누르지 않고 말려서 만드는 차로, 육우의 『다경』 「팔지출(八之出)」에 따르면 청성현에 산차가 있다고 했다. 제조과정에서 손실이 적고 원래의 향기를 보유하는 차다. 편차(片茶)는 눌러서 덩이가 지

게 한 차로, 딴 찻잎을 찌고 찧고 짓이겨서 거푸집에 넣어 형
태를 만든 다음 불에 말려서 보관한다. 물론 고대 편차와 후
대 편차는 약간의 차이가 있다.

주31 休光

여기서 휴(休)는 '아름답다'는 뜻으로 쓰여서, 휴광(休光)은
'아주 아름답고 덕이 있어 주변과 후세에 좋은 영향을 주는
빛'이라는 뜻이다. 혜강은 『금부』에서 "천지의 순하고 화한
기운 머금고, 해와 달의 아름다운 빛 마셨다네[含天地之醇和
兮 吸日月之休光]"라고 했다.

擅甌閩之秀氣 鍾山川之靈稟 천구민지수기 종산천지령품

袪襟滌滯 致淸導和 거금척체 치청도화

則非庸人孺子 可得而知矣 즉비용인유자 가득이지의

沖澹間潔 韻高致靜 충담간결 운고치정

則非遑遽之時 可得而好尙矣 즉비황거지시 가득이호상의

구민지역의 빼어난 기운을 움켜잡고

산천의 영험한 품수를 모아서

마음에 쌓인 것들을 다 씻어 내리고

맑고 조화로운 데로 이끌어 가니

차야말로 생각 없는 사람이나 어린이가

얻어서 알 수 있는 것이 아니다.

맑고 깨끗하여 복잡하지 않고

고요함 속에 높은 운치가 있는 것이니

황급한 때에 이를 얻어서 좋아하는 것이 아니다.

　　　　　　　　　　　　　　　　　　—『대관다론』

 의역

　『다부』에는 차의 종류가 무척 많이 기록되어 있다. 명과 천은 물론이고 중국 다서에서 발견되지 않는 한과 파까지 들고 있다. 무이산(武夷山) 옥천사(玉泉寺)에서 나는 손바닥만치 큰 선인장차(仙人掌茶), 춘분 전후에 우레 소리 날 즈음에 따는 뇌명(雷鳴), 새들의 부리 같은 조취(鳥嘴), 작설(雀舌), 그 유명한 용단봉병(龍團鳳餠)을 위시하여 석유(石乳), 적유(的乳), 산정(山挺) 등이 민북 지방을 중심으로 생산되고, 승금(勝金), 영초(靈草), 선지(仙芝)에서 소갈(消渴)에 좋다는 내천(來泉)이며 황차(黃茶)인 영모(翎毛), 일찍 따는 우전(雨前), 선춘(先春), 조춘(早春) 등 30종이 넘는 차가 있다. 그들은 혹은 산차로 혹은 편차로, 혹은 음지에서 혹은 양지에서 자라 영롱한 천지의 영기를 받고, 해와 달의 크고 광명한 혜택을 입어, 이렇게 신비한 영차(靈茶)로 탄생했다. 이것이 바로 나 같은 선비의 길이 아니겠는가.

🍃 해 설

모든 사물은 그 종속(種屬)이 아주 많아 각기 나름대로의 특징과 역할이 있으니, 그에 충실한 것이 자연의 이법에 맞는다. 사람도 이와 같아 하늘이 준 자신의 재능을 바르게 계발하여 사회의 일익을 담당하며, 보람과 자부심을 가지고 살아가는 것이 올바른 일이다. 그러려면 남이 가지지 못한 자신의 장점을 살려 갈고 닦아 정진하고, 울타리 밖을 넘보거나 탐내지 말아야 성공할 수 있다.

집을 짓는 데는 들보나 기둥으로 쓰일 재목도 중요하지만, 서까래나 문살로 쓰일 것도 있어야 한다. 모두가 들보나 기둥만 되겠다면 나머지 필요한 자재들은 어디서 구해올 것인가. 선비가 분외(分外)의 자리에만 연연하거나 권력과 재물에 치우치면 그 본성을 떠나 허탄한 것만 쫓게 되는 것이다.

그러니 천지자연의 정기를 타고난 그 신성한 천부의 자기 능력을 마음껏 발휘해서 충군애민(忠君愛民)의 길을 가야 할 것이다. 그러려면 무엇보다 자연의 섭리를 깨닫고 원만한 무애심(無碍心)을 가져서 하고 싶은 바가 저절로 이루어지게 해야 한다. 이것이 바로 하늘과 땅의 수기(粹氣)를 머금고 해와 달의 휴광(休光)을 마시는 차의 정신이다.

2

其壤則 石橋 洗馬 太湖 黃梅
　　　　　주1　　주2　　　주3　　　주4

기양즉 석교 세마 태호 황매

羅原 麻步婺 處 溫 台 龍溪
　주5　 주6 주7 주8 주9 주10　 주11

나원 마보 무 처 온 태 용계

荊 峽 杭 蘇 明 越 商城 王同
주12 주13 주14 주15 주16 주17 주18 주19

형 협 항 소 명 월 상성 왕동

興 廣 江 福 開順 劍南 信 撫
주20 주21 주22 주23 주24 주25 주26 주27

흥 광 강 복 개순 검남 신 무

饒 洪 筠 哀 昌 康 岳 鄂 山 同
주28 주29 주30 주31 주32 주33 주34 주35 주36 주37

요 홍 균 애 창 강 악 악 산 동

潭 鼎 宣 歙 鵡 鍾 蒙霍
주38 주39 주40 주41 주42 주43 주44 주45

담 정 선 흡 아 종 몽곽

蟠柢丘陵之厚 揚柯雨露之澤

반저구릉지후 양가우로지택

🌿 직역

　그 자라는 땅은 석교, 세마, 태호, 황매, 나원, 마보, 무주, 처주, 온

주, 태주, 용계, 형문군, 협주, 항주, 소주, 명주, 월주, 상성, 왕동, 홍국
군, 광덕군, 강주, 복주, 개순, 검남, 신주, 무주, 요주, 홍주, 균주, 애
주, 건창군, 남강군, 악주, 산동, 담주, 정주, 선주, 흡주, 아하, 종산, 몽
주, 곽산 등이다. 언덕의 깊은 곳까지 뿌리 서리고 우로(雨露)의 은택
으로 가지 뻗는구나.

한자

婺 : 별 이름 무, 고을 이름 무

荊 : 모형나무 형, 고을 이름 형

鄂 : 땅 이름 악

歙 : 코 막힐 흡, 숨 쉴 협

鴉 : 갈까마귀 아

霍 : 빠를 곽, 급할 곽

蟠 : 서릴 반

柢 : 뿌리 저, 밑 저

주

마단림의 『문헌통고』에 쓰인 이름 앞에는 ❖ 표시를 달았다. 그리고 그 지방에서 생산되었거나 지금도 생산되는 차 이름에는 〈 〉표시를 했다. 각다장(榷茶場)은 차를 수집하고 관리했던 국가기관을 뜻한다.

주1 **石橋**

호북성 형문시 석교현을 의미한다.

주2 **洗馬**

호북성 세마를 말한다. [석교, 왕기와 각다장]

주3 **太湖**

안휘성 안경(安慶) 태호를 의미한다. [각다장]

주4 **黃梅**

호북성 황강(黃岡) 황매를 뜻한다. 이곳에서 〈나원청봉(梛園 靑峰)〉이 생산되었다. [각다장]

주5 **羅原**

복건성 복주(福州) 북쪽 나원을 뜻한다. [각다장]

주6 **麻步**

안휘성 육안(六安) 서남쪽 대별산(大別山)을 의미한다. 이곳
에서 생산되었거나 생산 중인 차로는 〈육안은침(六安銀針)〉,
〈육안모첨(六安毛尖)〉, 〈육안송라(六安松蘿)〉, 〈매화편(梅花
片)〉 등이 있다. [각다장]

주7 **婺** ◈무주(婺州)

절강성(浙江省) 금화시(金華市)를 말한다. 이곳에서 〈무주거
암(婺州擧巖)〉, 〈용문차(龍門茶)〉 등이 생산되었다.

주8 **處** ◈처주(處州)

절강성 여수현(麗水縣)을 뜻한다.

주9 **溫** ◈온주(溫州)

절강성 온주시를 가리킨다.

주10 台 ◈태주(台州)

절강성 태주시를 뜻한다.

주11 龍溪

복건성 장주시(漳州市) 북쪽을 말한다.

주12 荊 ◈형문군(荊門軍)

호북성 형주시를 의미한다.

주13 峽 ◈협주(峽州)

호북성 의창시(宜昌市)를 말한다. 이 지역에서 〈협주벽봉(峽
州碧峰)〉이 만들어졌다.

주14 杭 ◈항주(杭州)

절강성 항주시를 뜻한다.

주15 蘇 ◈소주(蘇州)

강소성(江蘇省) 소주시를 가리킨다.

주16 明 ◈명주(明州)

절강성 영파시(寧波市)를 말한다.

주17 越 ◈월주(越州)

절강성 소흥시(紹興市)이다. 이 지역에서 〈소흥일주(紹興日
注)〉, 〈월홍공부(越紅工夫)〉가 생산되었다.

주18 商城

하남성 상성 신양(信陽) 광산(光山)을 말한다. 이곳에서 〈새
산옥연(賽山玉蓮)〉, 〈금강벽록(金剛碧綠)〉, 〈선동운무(仙洞
雲霧)〉, 〈벽도검호(壁渡劍毫)〉 등의 차가 생산되었고, 지금도
생산 중이다.

주19 王同

섬서성(陝西省) 대려(大荔) 조읍(朝邑)지역을 말한다.

주20 興 ◈흥국군(興國軍)

안휘성 영흥(永興)지역이다.

주21 廣 ◈광덕군(廣德軍)

안휘성 태호 근처 광덕(廣德)을 가리킨다. 이 지역에서는 〈오화암차(五花巖茶)〉가 유명하다.

주22 江 ◈강주(江州)

강서성 구강시(九江市)를 뜻한다.

주23 福 ◈복주(福州)

복건성 복주시를 지칭한다.

주24 開順

안휘성 육안 근처를 말한다. 이 지역에서 〈영산검봉(靈山劍峰)〉이 생산되었다.

주25 劍南

복건성 남평(南平)지역으로 〈두금(頭金)〉, 〈납면(蠟面)〉, 〈산정(山挺)〉, 〈건차(建茶)〉, 〈용원승설(龍園勝雪)〉 등이 생산되었고, 지금도 생산 중이다.

주26 信 ◈신주(信州)

강서성 상요시(上饒市)를 지칭한다. 이 지역에서 〈상요백미
(上饒白眉)〉가 생산되었다.

주27 撫 ◈무주(撫州)

강서성 무주시를 가리킨다.

주28 饒 ◈요주(饒州)

강서성 파양현(鄱陽縣)으로 〈선지(仙芝)〉, 〈눈예(嫩蕊)〉 등의
차를 생산했다.

주29 洪 ◈홍주(洪州)

강서성 남창시(南昌市)이다.

주30 筠 ◈균주(筠州)

강서성 고안현(高安縣)이다.

주31 哀 ◈애주(哀州)

운남성(雲南省) 보산시(保山市), 혹은 지금의 강서성 의춘(宜

春)의 원주(袁州)를 말한다.

주32 昌 ※건창군(建昌軍)

강서성 남성시(南城市), 혹은 건창부(建昌府)가 있던 사천성
(四川省) 서창시(西昌市)를 가리킨다.

주33 康 ※남강군(南康軍)

강서성 남강시(南康市)이다.

주34 岳 ※악주(岳州)

호남성 악양시(岳陽市)로, 이곳에서 〈영모(翎毛)〉, 〈생황(生
黃)〉, 〈군산은침(君山銀針)〉, 〈북항모첨(北港毛尖)〉 등의 차
가 생산되었고, 지금도 생산 중이다.

주35 鄂 ※악주(鄂州)

호북성 무한(武漢) 악주를 뜻한다.

주36 山

호북성 양번시(襄樊市)이다.

주37 **同**

섬서성 상남(商南)으로 〈상남천명(商南泉茗)〉이 있다.

주38 **潭** ◈담주(潭州)

호남성 장사시(長沙市)를 의미한다. 〈영초(靈草)〉, 〈독행(獨行)〉, 〈금명(金茗)〉, 〈고교은봉(高橋銀峰)〉, 〈상파록(湘波綠)〉, 〈동호은호(東湖銀毫)〉, 〈악록모첨(岳麓毛尖)〉 등이 있다.

주39 **鼎** ◈정주(鼎州)

호남성 상덕시(常德市)이다.

주40 **宣** ◈선주(宣州)

안휘성 선성시(宣城市)를 말한다.

주41 **歙** ◈흡주(歙州)

안휘성 흡현(歙縣), 황산시(黃山市) 근처로 〈화영(華英)〉, 〈자하차(紫霞茶)〉, 〈태함차(太函茶)〉, 〈휘주금아(徽州金芽)〉, 〈황산운무(黃山雲霧)〉 등이 있다.

주42 **鴉**

안휘성 영국현(寧國縣), 혹은 하남성 탑하시(漯河市)를 뜻한다.

주43 **鍾**

하남성 신양시(信陽市) 종산(鍾山)으로 〈신양모첨(信陽毛
尖)〉과 〈진뢰검호(震雷劍毫)〉가 있다.

주44 **蒙**

광서장족자치구(廣西壯族自治區) 몽산시(蒙山市)로 〈몽산자
순(蒙山紫筍)〉, 〈백색홍쇄차(百色紅碎茶)〉가 있다.

주45 **霍** ◈곽산(篗山)

안휘성 곽산현(篗山縣)이다. [각다장]

蟠柢丘陵之厚 揚柯雨露之澤 반저구릉지후 양가우로지택

明月峽在顧渚側 二山相對 명월협재고저측 이산상대

石壁峭立 大澗中流 석벽초립 대간중류

亂石飛走 茶生其間 尤爲絶品 난석비주 다생기간 우위절품

명월협은 고저의 옆에 있는데 두 산이 서로 마주보고 있으며

석벽이 높이 솟고 그 사이에 큰물이 흐르며

돌멩이들이 굴러 내린다.

그 사이에서 차가 나오니 더욱 뛰어난 품수이더라.

— 진요문(陳耀文), 『천중기(天中記)』

●●● **인격적 완성도** ──────────────

한 사람의 인격은 출생 이후 많은 교육과 체험 속에서 형성된다. 이
때, 일반인이 체험하기 힘든 어려움이나 좋은 스승을 만나는 것이
중요한 요인이 된다. 차는 험난한 지역에서 어려운 여건을 다 극복
하고 자라며 아름다운 모양과 색·향·미를 구비하는 것이 흡사 사
람이 큰 인물로 성장하는 것과 같은 이치라 하겠다.

──────────────────────

🍃 의역

차가 자라는 땅 또한 남쪽에 많이 있어 호북의 석교, 세마, 황매, 형
협, 복건의 나원, 용계, 복주, 절강의 무주, 처주, 명주, 태주, 협서의
상주, 대여, 홍국군, 강서의 상주, 신주, 무주, 요주, 홍주, 호남의 악
주, 담주, 안휘의 선주, 흡주, 곽산 등 40여 곳의 산지에서 생산된다.

어느 곳에서든 뿌리를 깊이 내려 자연의 은택을 받아 번성하니, 배우는 모든 이들이 명심해서 인격과 학문의 도야를 게을리하지 말아야 할 대목이다.

해설

차는 자라는 곳마다 다르고 제 독특한 성질을 가져서 다른 곳의 것으로 대신할 수 없다. 사람도 그와 같지 않는가. 출생한 가문과 혈통이 다르고 집집마다 지방마다 삶의 철학과 정신이 다를 것이니. 거기서 생장한 인물은 마땅히 그만의 것을 지니게 된다. 따라서 자기 토양과 바탕에 맞는 학문과 덕성을 닦아 뿌리내려 하늘이 베푸는 은택을 받아 백성을 돌보는 것이야말로 군자행(君子行)이 아니겠는가.

3

造其處則 崆峒嶂嶂 嶮巇屼峷 嶸嶵岊嵲
주1　　　주2　　　주3

조기처즉 공앙갈갈 험희올률 용죄암얼

嵣嵤嶊劽 呀然或放 豁然或絶 崦然或隱
주4

당망측리 아연혹방 활연혹절 엄연혹은

鞠然或窄 其上何所見 星斗咫尺
주5　　　　　　　주6

국연혹착 기상하소견 성두지척

其下何所聞 江海吼嗅 靈禽分貉豽
　　　　　　주7　　　　주8

기하하소문 강해후돌 영금혜함하

異獸分挐攫 奇花瑞草 金碧珠璞
주9　　　　　　　주10

이수혜나확 기화서초 금벽주박

尊尊蓑蓑 磊磊落落 준준사사 뇌뇌낙낙
　　　　주11

徒盧之所趑趄 魑魈之所逼側 도로지소자저 이소지소핍측
주12　　　　　　주13

🍃 직역

　차가 크는 곳은 산이 높고 가팔라 울퉁불퉁하고 비탈진 봉우리 높
게 뻗었네. 험한 바위 우뚝우뚝 솟고 산굽이 뻗어서 높았다 낮았다
이어지네. 벌어져 휑하니 트였다가 열린 듯 끊어지고, 어둑어둑 잘

안 보이기도 하고 구부러졌다 좁아지기도 하네. 그 위로 보이는 것 무엇인가. 손에 잡힐 듯한 뭇 별들이네. 아래로 들리는 것 무엇인가. 강해(江海)의 울부짖는 물소리일세. 신령스런 새 지저귀며 퍼덕퍼덕 날고, 보기 드문 짐승들이 붙잡힐 듯 가까이 있네. 기이한 꽃과 상서로운 풀은 찬란한 보석 구슬처럼 우거져 드리워서 주렁주렁 달려 있네. 나무를 잘 탄다는 도로 사람들도 (무리 지은 사냥개들도) 무서워 머뭇거리고 산도깨비들 바로 옆에 있네.

🌿 한자

崆 : 산 높을 공

峣 : 산 가파를 앙

嵑 : 산 우뚝할 갈

崆峣嵑嵑 : 산에 있는 바위가 높고 울퉁불퉁한 모양

嶮 : 산 높을 험

巇 : 가파를 희

嶮巇 : 산이 높고 가파름

屼 : 산 우뚝할 올

崒 : 돌 비탈 율

嵒 : 바위 암, 산 우뚝할 암 = 바위 암(嵓)

嵱 : 봉우리 쭝긋할 용

嶊 : 험준할 죄, 험준할 최, 조외절(祖猥切)

嵲 : 산 높을 얼

嵣 : 산굽이 당

嵤 : 산 이어진 망

峢(峛) : 산 웅장할 측

岰 : 산 낮고 길 리

呀 : 입 벌릴 하, 굴 속 행할 하, 곡공모(谷空貌), 속음(俗音)은 아

崦 : 산 이름 엄, 일입소산명(日入所山名)

鞠 : 기를 국, 구부릴 국, 고할 국

窄 : 좁을 착, 끼일 착

吼 : 사자 울음소리 후, 높고 긴 소리 후

唨 : 물 부딪히는 소리 돌

翖 : 새 새끼 파득거릴 함[雛鳥飛貌]

厔 : 입 벌리고 기운 토할 하

攫 : 움킬 확

璞 : 옥 덩어리 박

蕁 : 풀 많이 날 준

尊尊 : 풀이 많이 나 우거진 모양

蓑 : 도롱이 사, 소화절(蘇禾切)

蓑蓑 : 꽃술이 드리워진 모양

趑 : 망설일 자

趄 : 망설일 저

魑 : 도깨비 리

魈 : 산도깨비 소

 주

주1 崆峒嶈嶈

산이 높고 가팔라 울퉁불퉁하다.

주2 嶮巇屼峍

비탈지고 험한 봉우리가 높게 뻗어 있다.

주3 峪嶧嵒嶼

험상궂은 암봉들이 우뚝우뚝 솟았다.

주4 嵂嵂崱屴

산굽이 뻗어서 높았다 낮았다 이어진다.

주5 鞠然或窄

구부러지면서 좁아지기도 한다.

주6 星斗咫尺

여러 별들이 손에 잡힐 듯하다. 여기서 두(斗)는 북두(北斗)
와 남두성(南斗星)을 지칭한다. 고대 동양에서는 하늘을 28
개의 구(區)로 나누었고, 각 구에 중심별을 하나씩 두었다.

    [동] 각항저방심미기(角亢氐房心尾箕)
    [서] 규루위묘필자삼(奎婁胃昴畢觜參)
    [남] 정귀유성장익진(井鬼柳星張翼軫)
    [북] 두우녀허위실벽(斗牛女虛危室壁)

주7 江海吼喫

'강과 바다가 포효하다'는 뜻으로 곧 백성들의 절규를 상징
한다. 나아가 괴리(乖離)된 현실과 이상 속에서 두 세계를 연

결시켜 고양(高揚)해야 하는 선비의 사명감을 뜻한다.

주8 **靈禽兮猞廐**

신령스런 새들이 지저귀며 퍼덕인다.

주9 **異獸兮拏攫**

기이한 짐승들이 잡힐 듯 가까이 있다.

주10 **金碧珠璞**

'찬란한 보석 구슬'을 의미한다. 금벽(金碧)이 들어간 다른 문
장을 소개한다. '부인이 집에 왔는데, 금벽으로 치장했더라[婦
人至家 飾以金碧]'는 문장에서 금벽을 볼 수 있다. 반면 박(璞)
은 아직 연마되지 않은 보석 덩어리[玉未理者]를 의미한다.

주11 **蓴蓴蓑蓑 磊磊落落**

우거져 드리워져 주렁주렁 달려 있다.

주12 **徒盧**

㉠도로(都盧)는 고국명(古國名)으로 남해일대(南海一帶)에

있다고 한다. 나라 사람들이 긴 장대를 잘 탔다. 그런 재주
꾼들도 머뭇거리며 나아가지 못할 정도였다.

ⓛ 좋은 개를 노(盧)라고 하는데 한나라 검은 개 이름이 노
(盧)였다[良犬曰盧 韓有黑狗 名盧], 시(詩)에 검은 개가 멍
멍 짖다[盧令令], 명견(名犬)의 무리들.

주13 **魑魈之所逼側**

'산도깨비들이 바로 옆에 있는 것 같다'는 뜻이다. 장형(張
衡)의 『남도부(南都賦)』, 『서경부(西京賦)』 등에 영향받은 듯
하다. 굳은 의지로 외경(畏敬)스러운 신비한 별천지에서 고
난과 공포를 모두 겪고 자라는 차는 한재 자신일 수도 있다.
차가 자라는 곳이 평범하지 않음을 논한 글은 많다. 명(明)의
진요문은 『천중기』에서 "명월협은 고저의 옆에 있는데 두 산
이 마주하고 석벽이 우뚝 솟은 사이에 큰물이 흘러가며 돌멩
이들이 어지럽게 나는 듯이 밀려간다. 그 사이에서 생산되는
차는 더욱 절품이다[明月峽在顧渚側 二山相對 石壁峭立 大
澗中流 亂石飛走 茶生其間 尤爲絶品]"라 했다.

🍃 의역

차가 자라는 곳의 입지는 산세가 험준하여 기복이 심하고, 암봉(巖峰)이 우뚝우뚝 솟아 장엄함이 서려 있다. 골짜기는 때로 넓은 곳도 있고, 좁은 곳도 있으며 어두워 잘 보이지 않기도 한다. 봉우리 위 하늘에는 우리의 이상인 별과 달이 손에 잡힐 듯하고, 아래서 들리는 포효하는 물소리는 백성들의 고통스러운 절규다. 보기 드문 희귀한 조수(鳥獸)가 오가고 아름다운 꽃과 나무가 우거져 신이(神異)함을 더해준다.

🍃 해설

자고로 차는 고귀하고 개결(介潔)하여 높은 정신세계를 추구하는 이들에게 사랑을 받아왔다. 그것은 차의 고유한 본성에 범상(凡常)치 않은 산지의 여건이 더해진 까닭이다. 높고 험준하여 인적이 쉽게 닿을 수 없는 곳으로, 봉만의 고저나 심학(深壑)의 이어짐을 예측할 수 없는 신비가 서린 풍토에서 자란다. 군자가 현실의 고난과 장애를 극복하고 덕성과 학문을 꽃피우듯이 다목(茶木)은 자라서 우리에게 좋은 색과 향과 맛을 제공해 준다.

더욱이 한재(寒齋)가 살던 당시의 우리 정치 사회는 극도의 혼란과 대립으로 내일을 예단키 어려운 상황이었다. 한재와 같은 선비들은 괴리된 현실과 이상 사이에서 두 세계를 조화롭게 고양시켜야 할 사명감을 느꼈고, 차가 바로 그런 덕성을 지녔음을 칭송했다.

다목이 경이로운 별천지에서 어려운 환경을 극복하고 아름답게 자란 것은, 바로 한재 자신이 굳건한 의지 속에 외경스러운 현실세계의 고난과 정신적 고뇌를 물리치고 도학정신에 정진한 것과 사뭇 겹친다.

4

於是谷風乍起 北斗轉璧 氷解黃河 日躔靑陸
주1   주2

어시곡풍사기 북두전벽 빙해황하 일전청륙

草有心而未萌 木歸根而欲遷
주3

초유심이미맹 목귀근이욕천

惟彼佳樹 百物之先 獨步早春 自專其天

유피가수 백물지선 독보조춘 자전기천

紫者 綠者 靑者 黃者 早者 晚者 短者 長者

자자 녹자 청자 황자 조자 만자 단자 장자

結根竦幹 布葉垂陰 黃金芽兮
주4

결근송간 포엽수음 황금아혜

已吐 碧玉雜兮 成林晻曖蓊蔚 阿那嬋媛
주5   주6   주7

이토 벽옥유혜 성림엄애옹울 아나선원

翼翼焉 與與焉 若雲之作霧之興 而信天下之壯觀也

익익언 여여언 약운지작무지흥 이신천하지장관야

洞嘯歸來 薄言采采 擷之捋之 負且載之
주8

통소귀래 박언채채 힐지날지 부차재지

직역

　이때 갑자기 골짜기에 바람 일고 북두성 달 쪽으로 돌아 황하에 얼음 녹고 해 떠오르니 달은 청류으로 도네. 풀은 싹트려 하나 아직 그러지 못하고, 나무뿌리는 기운 모아 가지로 옮기려 하네. 오직 저 차나무는 모든 초목에 앞서 홀로 이른 봄 맞아 하늘의 기운 혼자서 차지했네.

　자색의 것, 녹색의 것, 푸른 것, 누른 것, 이른 것, 늦은 것, 짧은 것, 긴 것 들이 뿌리 내리고 줄기 뻗어 잎 퍼지고 그늘 지워 황금 같은 새싹이여! 벌써 벽옥처럼 빼곡히 솟았구나. 무성한 숲 이루어 그늘 지우니 아리땁고 곱기 그지없구나. 가지런하고 빽빽하여 구름과 안개 피어오르는 듯 참으로 천하장관이로다. 말없이 가지 잡아 한 잎, 두 잎 따서 이고지고 휘파람 불며 돌아오네.

　　한자

躔 : 햇 길 전

蕕 : 더북할 유

唵 : 어두울 암, 침침할 엄

曖 : 해 희미할 애, 침침할 애

蓊 : 우거질 옹, 풀이름 옹

蔚 : 우거질 위, 고을 이름 울

嬋 : 고을 선

媛 : 아리따울 원, 마음에 들 원

擷 : 딸 힐, 잡아 뽑을 힐

拚 : 쑥쑥 뽑을 랄

 주

주1 於是谷風乍起

곡풍(谷風)은 곡풍(穀風), 춘풍(春風), 동풍(東風)의 뜻으로
쓰였다. 중국에서 가장 오래된 자서(字書)『이아』에서는 "동
풍을 곡풍이라 한다[東風謂之 谷風]"고 했고,『시경(詩經)』
「국풍(國風)」에는 "솔솔 부는 골바람 비에 실려 음산하네[習
習谷風 以陰以雨]"라고 했다.

그리고 이 구(句)는 새로운 시대의 도래를 암시하는 첫 증후
가 된다. 이는 어려운 때가 지나면 반드시 좋은 때가 온다는
불가항력적인 우주의 법칙이다.

주2 **日躔青陸**

‘일전위유(日躔胃維) 월궤청륙(月軌青陸)’의 오기(誤記)로 본다. 안연지(顏延之)의 「삼월삼일곡수시서(三月三日曲水詩序)」에 ‘일전위유 월궤청륙’이라 했고, 한재도 『입춘부(立春賦)』에서 ‘일전위유 월궤청륙’이라고 첫머리에 썼다.

일전(日躔)이란 태양의 운동을 뜻하고, 위(胃)는 28수(宿) 중의 하나인 별 이름이다. 유(維)는 밭길을 뜻한다. 그러니 ‘해가 위성(胃星)의 궤도로 간다’ 즉 ‘봄이 온다’는 뜻이다. 『문선(文選)』에 나온 위의 안연지의 글을 주석한 여상(呂尙)은 "전 차야 위 성명 유 반야 언왈 차위 성지궤행반야(躔 次也 胃 星名 維 畔也 言曰 次胃星之軌行 畔也)"라 했다.

그렇다면 청륙(青陸)은 청도(青道), 즉 동도(東道)로 입춘(立春)을 말한다. 『역통통도(易通統圖)』에서는 "입춘이 되면 달이 동도를 따른다. 곧 달이 그 길로 간다. 달이 동방의 청도로 가는 것을 청륙이라 한다[立春月從東道也 言月行於此也 月行東方青道曰青陸]"고 했다. 당나라 노조린(盧照鄰)의 시에서는 "달이 청륙으로 갈 때는 꾀꼬리 울고, 해가 뜨면 꽃이 핀다[青陸至而鶯啼 朱陽升而花笑]”고 했다. 또 『한서(漢書)』
「천문지(天文志)」에 “황도의 동쪽을 일러 청도라 한다[黃道
之東 謂之青道]”고 했다.

주3 木歸根而欲遷

나무의 기운은 뿌리로부터 가지로 뻗으려 한다. '초유심이미
맹 목귀근이욕천(草有心而未萌 木歸根而欲遷)'의 구(句)는
'봄을 맞아 풀에는 새싹 돋고 나무에는 새잎 피우려 하지만,
아직 차가 새잎을 내지 않았으니 감히 저들이 먼저 나올 수가
없다'는 의미가 강하게 보인다. 이는 노동이 “천자께서 아직
양선차를 맛보지 못했으니, 모든 초목이 감히 어찌 먼저 꽃
피울 수 있으리[天子未嘗陽羨茶 百花不敢先開花]”라고 읊었
던 심경(心境)과 유사하다. 특히 그 비유를 초목에다 한 것은
자연의 전변(轉變)의 법칙 중에서도 차의 그 선구적인 특성
을 부각시키기 위해서다.

주4 結根竦幹

뿌리 내리고 가지 뻗는다. 이는 '포엽수음 황금아혜(布葉
垂陰 黃金芽兮)'의 구절과 합해서 기초가 튼튼하게 되면 좋

은 결과가 이루어짐을 말했다. 『대관다론』에 나온 "구릉의 깊은 곳에 뿌리 내리고, 우로의 은택으로 가지 뻗는다 [蟠柢丘陵之厚 揚柯雨露之澤]"라는 말과 같은 뜻이다. 노동은 "그 결과 황금아를 얻을 수 있다[先春抽出黃金芽]"고 했다.

주5 **碧玉粲兮**

벽옥 같은 새싹이 빼곡히 돋았다. 혜(兮)는 운문에 잘 붙는 감탄의 종결사이다.

주6 **晻曖翁蔚**

엄애(晻曖)는 숲이 어두컴컴한 모양이고, 옹울(翁蔚)은 초목이 무성한 모양이다.

주7 **阿那嬋媛**

아나(阿那)는 미인의 고운 모양이니, 육기(陸機)의 시에 "아무리 훑어보아도 아름답기 그지없네[俯仰紛阿那]"라 했다. 선원(嬋媛)은 곱고 아리땁다는 뜻으로, 『초사(楚辭)』에서 "그 아름다움과 고움 때문에 마음에 그리움만 더하네[心嬋媛而

傷兮"라 했다.

주8 洞嘯歸來 薄言采采 擷之挍之 負且載之

수확의 기쁨을 그린 듯이 표현했다. 열심히 채취하여 힘껏

이고지고 노래하며 돌아오는 모습은 한 폭의 「농가사계도

(農家四季圖)」라 하겠다.

茶之爲用 味至寒 爲飮最宜 다지위용 미지한 위음최의

精行儉德之人 若熱渴 凝悶 정행검덕지인 약열갈 응민

腦疼 目澁 四支煩 百節不舒 뇌동 목삽 사지번 백절불서

聊四五啜 與醍醐 甘露抗衡也 요사오철 여제호 감로항형야

차는 맛이 차기 때문에 마시기에 좋다.

정행검덕한 사람이 만약 열이 나서 갈증 나고

마음이 괴롭고 몸이 아프며

눈이 어지럽고 사지가 뻐근하여 마디마디 아플 때

네댓 모금 마시면 제호나 감로와 같은 효과가 있다.

— 『다경』

晉池風味臘前春 진지풍미납전춘

智異山邊草樹新 지이산변초수신

金屑玉糜煎更好 금설옥미전갱호

色淸香絶味尤珍 색청향절미우진

진주 연못가의 풍미를 봄 전 섣달에 맛보니

지리산 자락 초목들이 새롭게 느껴지네.

금옥 같은 가루를 달이니 더욱 좋고

색 맑고 향기 좋고 맛은 더욱 좋다네.

―하연(河演), 「지리산승송신차(智異山僧送新茶)」

🍃 의역

어느 날 갑자기 골짜기에 바람이 일며 하늘의 기운이 변하여 봄이 오고 있음을 예고한다. 별자리 옮겨져 계절의 변화를 알리고, 얼었던 강물이 녹아 흐르고, 달은 청류으로 돌아, 봄이 오고 있다. 온갖 초목들은 물이 올라 싹트고 가지 뻗으려 한다. 어려운 여건을 극복하고 번성하려는 다목(茶木)은 이 거역할 수 없는 자연법칙에 순응하여 화려한 이상을 향한 첫 발을 내디딘다. "풀이 눕는다 / 바람보다도 더 빨리 눕는다 / 바람보다도 더 빨리 울고 바람보다 먼저 일어난다"는 김수영의 시처럼 막을 수 없는 생명력의 발로이다.

이 같은 시대의 도래에 산파 역할을 하는 것이 다목이니, 새 계절의 선구로서 천지의 기운을 홀로 먼저 누리는 것이다. 또 채취된 시기와 생김새가 다른 여러 품종이 모두 나름대로 특유의 자질을 가진다.

뿌리에서 줄기, 가지, 잎까지 빼곡한 모양이 아름답기도 하구나. 녹색의 운무가 서린 듯 비길 데 없는 장관이로다. 이즈음에 찻잎을 많이 수확하여 이고지고 돌아오니 즐겁기 한량없네.

해설

이런 시련의 때가 지나면 바야흐로 우주적 법칙에 따라 유전(流轉)의 기(期)를 맞는다. 암흑에서 광명으로, 절망에서 희망으로, 칩복(蟄伏)에서 발양(發揚)으로 바뀌면서 이제껏 보이지 않던 새싹이 봄기운 따라 고개를 쳐들고 일제히 환호성을 지른다. 이 불가항력적인 힘은 군자에 의해 온 것이고 그들에 의해 발양되어 민초(民草)들의 삶을 기름지게 할 것이다. 이는 한꺼번에 오지 않고 서서히 다가온다.

이런 결과야말로 눈 속에서 따낸 신차(新茶)의 기쁨이요, 오랫동안 참고 견딘 군자의 희열이다. 이 얼마나 아름다운 광경이며 찬양받아야 할 자연의 법칙인가. 요순시대의 격양가(擊壤歌)나 밀레가 그린 만종(晚鐘)의 평화가 따로 있는 것이 아니고, 바로 이 같은 차 수확의 자리에 있다.

제3절 차 달이기와 마시기

1

攀玉甌而自濯 煎石泉而旁觀
_{주1}   _{주2}   _{주3}

건옥구이자탁 전석천이방관

白氣漲口 夏雲之生溪巒也
_{주4}

백기창구 하운지생계만야

素濤鱗生 春江之壯波瀾也
_{주5}

소도린생 춘강지장파란야

煎聲颼颼 霜風之嘯篁栢也
_{주6}

전성수수 상풍지소황백야

香子泛泛 戰艦之飛赤壁也

향자범범 전함지비적벽야

俄自笑而自酌 亂雙眸之明滅
_{주7}　　　　　_{주8}

아자소이자작 난쌍모지명멸

於以能輕身者 非上品耶 能掃痾者

어이능경신자 비상품야 능소아자

非中品耶 能慰悶者 非次品耶

비중품야 능위민자 비차품야

乃把一瓢 露雙脚 陋白石之煮 擬金丹之熟
　　　　_{주9}　　_{주10}　　　　_{주11}

내파일표 노쌍각 누백석지자 의금단지숙

🍃 직역

옥 사발 꺼내서 손수 씻고 곁에서 돌 샘물 끓는 것 바라보니, 흰 김 주구(注口)에 넘쳐 여름날 구름이 산등성이를 넘는 듯하네. [장원(張源), 『다록(茶錄)』 중 기변(氣辨)] 잔잔한 흰 물결 이니, 봄 강에 물결 치는 듯하구나. [형변(形辨)] 끓는 소리 쏴쏴 퍼지니, 서릿바람이 대나무와 잣나무에 부는 듯하네. [성변(聲辨)]

차 향기 떠올라 퍼지니 적벽강에 전함이 내달리는 것 같도다. 때맞춰 웃음 띠고 혼자 따라 마시니 흐렸던 눈이 맑아지네. 여기에 몸을 가볍게 할 수 있으니 어찌 상품이 아니며, 병을 없애주니 어찌 중품이 아니며, 마음이 번잡한 것을 달래주니 어찌 차품이 아니겠는가.
이에 바가지를 들고 두 다리를 드러낸 채, 백석탕을 끓이는 것보다
금단을 단련시키는 쪽을 본받네.

 주

주1 **玉甌**

  신성성(神聖感)과 탈속(脫俗)이다.

주2 **自濯**

  개결성(介潔性)을 말한다.

寧赴湘流 葬於江魚之腹中 영부상류 장어강어지복중

安能以皓皓之白 안능이호호지백

而蒙世俗之塵埃乎 이몽세속지진애호

漁父莞爾而笑 鼓枻而去 어부완이이소 고설이거

乃歌曰 滄浪之水清兮 내가왈 창랑지수청혜

可以濯吾纓 滄浪之水濁兮 가이탁오영 창랑지수탁혜

可以濁吾足 遂去不復與言 가이탁오족 수거불부여언

차라리 상강 물에 빠져 고기의 먹이가 될지언정

이 티끌 하나 묻지 않은 깨끗한 몸으로

어찌 세속의 더러운 먼지 묻은 것들과 어울리리.

어부가 빙그레 웃으며 삿대를 치며 노래하기를

창랑의 물이 맑으면 내 갓끈을 씻고

창랑의 물이 탁하면 내 발을 씻으리라 하고 가며

다시는 말하지 않더라.

—굴원, 「어부가(漁父歌)」

주3 旁觀

스스로 즐기는 모습[自娛之貌]으로 여유와 한가를 표현하는
한편, 물 달이는 데 주의력을 기울이는 모습을 표현하는 것일
수도 있다.

주4 白氣漲口 夏雲之生溪巒也

『다록(茶錄)』에 나온 기변(氣辨)[삼대변(三大辨)]을 의미한다.

주5 素濤鱗生 春江之壯波瀾也

가) 형변(形辨)을 표현한다.

春江潮水連海平 海上明月共潮生

춘강조수연해평 해상명월공조생

봄 강 물결은 지평선에 닿았고

바다 위의 물결에 밝은 달 부서지네.

—장약허(張若虛),「춘강화월야(春江花月夜)」

주6 煎聲颼颼 霜風之嘯篁栢也

성변(聲辨)을 뜻한다. 차가 끓는 소리를 송풍명(松風鳴), 송
뢰(松籟), 구인성(蚯蚓聲), 송도(松濤), 창승명(蒼蠅鳴) 등으
로도 표현했다.

蟹眼初生松風鳴 해안초생송풍명

— 김시습

洶洶乎如 澗松之發淸吹 흉흉호여 간송지발청취
浩浩乎如 春空之行白雲 호호호여 춘공지행백운

흉흉히 끓는 소리는 소나무 사이를 흐르는 샘물 소리 같고

넓고 넓은 모습은 맑은 봄 하늘에 흰 구름 떠가는 듯하네.

—황정견(黃庭堅)

나) 삼대변과 15소변이 나오는 기록도 많다.

其沸如魚目 微有聲爲一沸 기비여어목 미유성위일비

緣邊如湧泉連珠爲二沸 연변여용천연주위이비

騰波鼓浪爲三沸 등파고랑위삼비

已上水老 不可食也 이상수로 불가식야

— 『다경』, 「자(煮)」

湯有三大辨 十五小辨 一曰形辨 二曰聲辨 三曰氣辨

탕유삼대변 십오소변 일왈형변 이왈성변 삼왈기변

形爲內辨 聲爲外辨 氣爲捷辨 如蝦眼 蟹眼 魚眼 連珠

형위내변 성위외변 기위첩변 여하안 해안 어안 연주

皆爲萌湯 直至湧沸 如騰波鼓浪 水氣全消 方是純熟

개위맹탕 직지용비 여등파고랑 수기전소 방시순숙

如初聲轉聲 振聲驟聲 皆爲萌湯 直至無聲 方是純熟

여초성전성 진성취성 개위맹탕 직지무성 방시순숙

如氣浮一縷 二縷 三四縷 及縷亂不分 氤氳亂繞

여기부일루 이루 삼사루 급루란불분 인온란요

皆爲萌湯 直至氣直沖貫 方是純熟

개위맹탕 직지기직충관 방시순숙

—『다신전』,「탕변(湯辨)」

候湯最難 未熟則沫浮 過熟則茶沈 前世謂之蟹眼者

후탕최난 미숙즉말부 과숙즉다침 전세위지해안자

過熟湯也 沈瓶中煮之不可辨 故曰候湯最難

과숙탕야 침병중자지불가변 고왈후탕최난

—『다록』,「후탕(候湯)」

주7 自酌

신(神)의 경지를 뜻한다.

주8 亂雙眸之明滅

두 눈에 어지럽던 것이 차를 마시니 싹 가신다는 것은 차를 마시니 마음이 가라앉아 사물을 제대로 판별할 수 있게 되었다는 뜻이다.

實迷塗其未遠 覺今是而昨非 실미도기미원 각금시이작비

실로 그 길을 잘못 잡은 것이 멀지 않으니

그때 생각이 잘못이었다는 것을 지금에야 알겠구나.

―「귀거래사(歸去來辭)」

주9 **露雙脚**

두 다리를 드러낸 모습이 다분히 희화적이지만 그 속에서 완

전한 자연인의 모습을 볼 수 있다. 차를 끓이는 데 몰두한다

는 것은 군자가 도를 닦는 일에 정진하는 것과 다르지 않다.

柴門半關無俗客 紗帽籠頭自煎喫

시문반관무속객 사모농두자전끽

碧雲引風吹不斷 白花浮光凝碗面

벽운인풍취불단 백화부광응완면

―노동,「칠완다가」

주10 **白石**

전설 속의 신선의 양식을 말한다.

白石生 中黃丈人弟子 백석생 중황장인제자

彭祖時已二千餘歲矣 팽조시이이천여세의

嘗煮白石爲糧 因就白石山居 상자백석위량 인취백석산거

時人號曰 白石先生 시인호왈 백석선생

백석생은 중황장인의 제자로

팽조가 살았을 적에 이미 2,000여 세나 되었다.

일찍부터 백석으로 양식을 삼아 백석산에 살았기 때문에

사람들이 백석 선생이라 불렀다.

―한(漢)대 유향(劉向), 『열선전(列仙傳)』

澗底束荊薪 歸來煮白石 간저속형신 귀래자백석

―당(唐)대 위응물(偉應物)

주11 金丹

갈홍(葛洪)은 『포박자(抱朴子)』에서 금단(金丹)은 "황금을
백 번 연성(鍊成)한 황금의 정(精)으로 도교의 외적 양생법에
선 천수(千壽)를 누린다"고 했다.

🍃 의역

차를 끓이는 순간만은 세속의 먼지를 털고 깨끗한 정신으로 돌아가려 한다. 그래서 손수 찻사발을 씻는 것이니, 이는 자신의 정화(淨化)를 뜻한다. 그리고 서둘 것도 없다. 예부터 차를 끓이는 것은 물을 끓이는 것이라 하지 않았던가. 조용히 깨끗한 석천수(石泉水) 길어다 끓이며 한가로이 전다삼매(煎茶三昧)에 빠져 즐기는 것이다. 바야흐로 탕관의 주구 밖으로 가득히 흰 김 뿜어 나오니, 흡사 여름날 산자락에 구름이 뭉실뭉실 피어오르는 기운이요, 안으로는 물이 끓어올라 표면에 하얗게 퍼지니, 얼음 녹은 봄 강물에 물결이 이는 형태로다.

세차게 끓는 쏴아쏴아 소리는 매서운 서릿바람이 소나무와 댓잎을 스치며 부는 소리같이 소슬하네. 차 향기 떠올라 점점 퍼지는 형세는 전쟁 중의 전함들이 빠른 기세로 오가며 온 수면을 꽉 채우듯 하네. 이 좋은 순간 놓치지 않고 모든 차인들이 최고로 손꼽는, 혼자서 마시는 경지에 이른다네. 손수 따라 마시면 현실에 찌들려 잘못되었던 생각들이 제자리로 돌아오고 평상적 본심을 찾을 수 있다네.

겉으로 육신의 찌꺼기 씻어내고, 병마를 몰아내며 정신적 고통까지 덜어내는 차야말로 그것이 상품(上品)이든 차품이든 무슨 상관이

라. 그러니 차야말로 군자들이 반드시 가까이해야 할 귀한 것이다. 끓일 때는 정성을 다해 실기(失期)치 않으려고 두 다리 곧추세우고, 흡사 선도(仙道)를 닦는 이들이 백석탕 끓이는 것보다 더 귀하게 여겨, 그 최고의 선약(仙藥)인 금단을 연단(煉丹)하는 마음으로 차를 끓이노라.

🍃 해설

전춘년(錢椿年)은 『다보(茶譜)』에서 점다삼요(點茶三要) 중 첫째를 척기(滌器, 그릇을 깨끗이 씻음)라 했다. 이는 육우 이후 모든 차인들의 필수적 기초 지식이라 할 것이다. 세속의 찌든 때를 씻고 잠시나마 청정한 심신을 가져보려는 마음의 표출이며 수행의 한 단계였다.

다성(茶性)이 원래 검(儉)으로 일관되고, 군자 또한 정행(精行)을 지향하니 다기가 깨끗해야 함은 말할 것도 없다. 그것도 남의 손을 빌리지 않고 몸소 하는 것이다. 모든 학문이나 예술 및 덕행은 남이 대신해서 깨달음에 이르게 할 수는 없는 것이니, 자기가 직접 할 수밖에 없다. 그렇다고 규격화된 딱딱함보다는 한가와 여유를 함께해야 한다.

여름날 산 아래 개울가에 안개 피어오르듯 탕관에서 흰 김이 나고, 봄 강에 물살 퍼지듯 하얀 물결 일며, 가을바람에 숲에서 나는 휘파람 소리 같이 쏴아쏴아 끓어오르네.

차를 끓이는 것은 바로 나와 자연이 따로 존재하는 것이 아니고, 내가 바로 자연의 일부로 스며드는 순간임을 증명해 주는 것이다. 우리에게 내재되어 있는 기운이나 모양이나 소리가 자연의 소리, 천상의 소리로 승화되는 산고(産苦)의 순간이다. 장원이 말한 삼변(三辨)을 계절적 자연 변화에 맞추어 실감나게 노래하고 있다. 거기에 다향이 범범(泛泛)하여 다석(茶席) 삼매지경에 이른다.

啜盡一椀 枯腸沃雪 철진일완 고장옥설
　　　　　주1

啜盡二椀 爽魂欲仙 철진이완 상혼욕선

其三椀也 病骨醒頭風痊 기삼완야 병골성두풍전

心兮 심혜

若魯叟抗志於浮雲 鄒老養氣於浩然
　　　　　　주2　　　　　　　　주3

약노수항지어부운 추로양기어호연

其四椀也 雄豪發 憂忿空 기사완야 웅호발 우분공

氣兮 기혜

若登泰山而小天下 疑此俯仰之不能容
　　　　　주4　　　　　　　　주5

약등태산이소천하 의차부앙지불능용

其五椀也 色魔驚遁 餐尸盲聾
　　　　　주6　　　　주7

기오완야 색마경둔 찬시맹롱

身兮 신혜

若雲裳而羽衣 鞭白鸞於蟾宮
　　　　주8　　　　주9

약운상이우의 편백란어섬궁

其六椀也 方寸日月 萬類籧篨
　　　　　주10　　　주11

기육완야 방촌일월 만류거저

神兮 신혜

若驅巢許而僕夷齊 揖上帝於玄虛
주12   주13   주14

약구소허이복이제 읍상제어현허

何七椀之未半 鬱淸風之生襟
주15

하칠완지미반 울청풍지생금

望閶闔兮 孔邇隔蓬萊之蕭森
주16   주17   주18

망창합혜 공이격봉래지소삼

직역

   차 한 잔을 마시니 메말랐던 창자를 물로 깨끗이 씻어낸 듯하고, 두 잔을 마시니 정신이 상쾌하여 신선이 된 듯하고, 세 잔을 마시니 병골에서 깨어나 두풍이 없어지네. 내 마음은 공자께서 세상을 뜬구름처럼 여긴 뜻과 맹자께서 호연지기를 기른 뜻의 경지에 이르네. 네 잔째는 웅장 호방함이 일어나 근심과 분노가 없어지니 내 기세는 공자께서 태산에 올랐을 때, 천하가 작게 보여 그 눈길을 다 받을 수 없었던 경지가 되네. 그 다섯째 잔을 마시니 색마도 도망가고 찬시 같던 식욕도 사라지네. 내 몸은 구름치마에 깃옷 입고, 흰 난새를 타고 달에 오른 듯하도다. 여섯째 잔을 마시니 해와 달이 내 마음속에

있고 모든 사물은 버석거리는 거적때기에 불과하네. 내 정신은 소보
와 허유를 말구종으로 삼고 백이와 숙제를 종복으로 하여, 하늘의
상제께 읍하노라. 어이하여 일곱째 잔은 반도 안 마셔 울금향 같은
맑은 차 향기 옷깃에 일고 하늘 문 바라보이며, 바로 곁에는 소삼한
봉래산이로구나.

 주

주1 **枯腸**

㉠ 굶주려 메마른 창자를 의미한다.

枯腸未易禁三碗 坐數荒村長短更

고장미이금삼완 좌수황촌장단갱

— 소식, 「급강전차(汲江煎茶)」

㉡ 시사(詩思)나 문사(文思)가 고갈(枯渴)됨을 뜻한다.

三碗搜枯腸 唯有文字五千卷 삼완수고장 유유문자오천권

— 노동, 「주필사맹간의기신차(走筆謝孟諫議奇新茶)」

枯腸止酒欲生烟 老眼看書如隔霧

고장지주욕생연 노안간서여격무

―이제현(李齊賢)

枯腸潤處無査滯 病眼開時絶眩花

고장윤처무사체 병안개시절현화

―원천석(元天錫)

茶熟詩腸潤

다숙시장윤

琴淸玉手纖

금청옥수섬

―앞의 구는 길주(吉周), 뒤의 구는 원주(原周)

氣益淸健 殊不知茶性 蕩滌腥穢 不宜於虛 而最宜於飽者也

기익청건 수부지다성 탕척성예 부의어허 이최의어포자야

차는 기운을 보태어 맑고 건강하게 하고

차의 성질을 몰라도 속에 있는 더러운 것을 깨끗이 씻어준다.

배고픈 사람에게는 좋지 않고, 배가 부른 사람에게는 아주 좋다.

—강희맹(姜希孟)

春茶甌試塵襟爽 野雪光凝病眼明

춘다구시진금상 야설광응병안명

봄의 찻사발은 세속 마음 씻어내고

들의 깨끗한 눈빛은 흐린 안목 밝게 하네.

—임형수(林亨秀)

고장옥설(枯腸沃雪)은 문사가 고갈된 창자 곧 정신을 깨끗이
씻어내니, 새로운 문사(文思)가 떠오르는 것을 말한다. 이숭
인(李崇仁)은 "푸른 잔에 차 향기 떠올라 온갖 세속적인 생각
들이 씻겨진다[香浮碧碗洗葷羶]"고 했다.

歸采蓬萊非所望 正宜澆得腹中書

귀채봉래비소망 정의요득복중서

좋은 차 마시고 봉래산에 신선이 되어 가는 것이 소망이 아니고

배 안에 있는 문사를 되살려 정화시키려고 차를 마신다.

—한수(韓脩), 「경상안렴사기신차(慶尙安廉使奇新茶)」

爽魂欲仙 상혼욕선

정신이 상쾌하여 신선이 된 듯한 경지.

松濤起石鼎 雪乳開瓊花 一甌羽翼生 二甌淸風多

송도기석정 설유개경화 일구우익생 이구청풍다

돌솥에 솔바람 물결 일고 흰 유화 떠 구슬 꽃 피네.

한 잔 마시니 날개 돋고 두 잔 마시니 맑은 바람 인다네.

―조준(趙浚)

我欲詠茶詩 煙霞爽牙頰 아욕영다시 연하상아협

不如讀茶經 氷雪生肺膈 불여독다경 빙설생폐격

茶詩狀皮膚 茶經搜血脈 다시상피부 다경수혈맥

鴻漸信奇士 相骨遺毛色 홍점신기사 상골유모색

一讀通神靈 再讀鍊精魄 일독통신령 재독련정백

因復啜玉乳 習習風生腋 인부철옥유 습습풍생액

依然駕我仙 飛上淸都月 의연가아선 비상청도월

내 마음 내켜 다시 읊으면 자연과 함께 기분 좋아지네.

하지만 『다경』 읽고 마음이 깨끗하고 엄정해지는 것만 못하다네.

다시를 피부라 하면 『다경』은 혈맥이라네.

육우는 진정 기이한 선비니 근간부터 세밀한 것까지 남겼다네.

한 번 읽으면 신령과 통하고 두 번 읽으면 혼을 단련시키네.

이어서 또 좋은 차 마시면 양쪽 겨드랑이에 바람 솔솔 인다네.

의연히 내 신선 되어서 맑은 달나라에 날아오른다네.

—구봉령(具鳳齡), 「독다경(讀茶經)」

주2 **魯叟抗志於浮雲**

노수(魯叟)는 노(魯)나라의 늙은이, 곧 공자(孔子)를 말한다. 공자가 살던 나라가 작은 나라 노(魯)였다. '항지어부운(抗志於浮雲)'은 『논어』의 「술이(述而)」편에 "공자가 말하기를, 거친 밥을 먹고 냉수를 마시며 팔을 베고 자더라도 즐거움이 또한 그 안에 있다. 옳지 못한 방법으로 부자가 되거나 귀하게 되는 것은 나에겐 뜬구름과 같아 의미가 없다[子曰 飯疏食飲水 曲肱而枕之 樂亦在其中矣 不義而富且貴 於我如浮雲]"는 말에서 연유했다. 즉 공자는 천리(天理)를 조금도 거스르지 않고 즐겁게 사는 데 뜻을 두었고, 의롭지 않다면 부귀에 한눈팔지 않는 성현이었다. 차를 석 잔 마시니 그 같은 성현과 비슷한 경지에 이른 것이다.

鄒老養氣於浩然

추노(鄒老)는 추(鄒) 지방의 늙은이, 곧 맹자(孟子)다. 맹자는
공자의 인(仁) 사상을 체계화하여 『맹자』 7권을 저술하고, 왕
도정치(王道政治)를 주창하여 아성(亞聖)의 칭호를 받는다.
'호연(浩然)'은 호연지기를 말하는데, 이에 관해서는 『맹자』
에 비교적 자세히 언급하고 있다.

敢問夫子惡乎長 曰我知言 我善養吾浩然之氣

감문부자오호장 왈아지언 아선양오호연지기

"감히 묻겠습니다.

부자께서는 어디에 남다르게 뛰어난 점이 있습니까?"

하고 물으니 맹자가 말하기를

"나는 말이라는 것을 알고, 또 호연지기를 잘 기른다"라고 했다.

—『맹자』, 「공손추(公孫丑)」

敢問 何謂浩然之氣 감문 하위호연지기

曰難言也 其爲氣也 왈난언야 기위기야

至大至剛 以直養而無害 지대지강 이직양이무해

則塞于天 地之間 즉색우천 지지간

其爲氣也 配義與道 無是餒也 기위기야 배의여도 무시뇌야

"또 여쭙겠습니다. 호연지기란 무엇을 이르는 것입니까?"

하고 물으니 맹자가 말하기를

"말로 표현하기가 어렵다.

그 기의 됨됨이가 지극히 크고 강하니

바르게 기르면 해롭지 않고 곧 온 세상에 가득 찬다.

그리고 그 기는 언제나 의로움과 진리를 함께하는 것이니

이것이 없다면 부족한 것이다."

雄豪發 憂忿空 웅호발 우분공

웅장 호방함이 일어나 근심과 분노가 없어진다.

龍團佳茗碧芽鮮 용단가명벽아선

軍將敲門起玉川 군장고문기옥천

小鼎松風驚晩睡 소정송풍경만수

一甌春色試新泉 일구춘색시신천

枯腸滌盡聊排悶 고장척진료배민

渴肺蘇來可引年 갈폐소래가인년

詩簏淸香兼勝眤 시삽청향겸승황

雙珠多荷倏聯翩 쌍주다하숙련편

용단 좋은 차 푸른 싹 신선하고

군장이 문 두드려 옥천을 깨웠다네.

작은 솥에 솔바람 소리 늦잠에 놀라고

새 물로 달인 찻사발엔 봄빛 가득하네.

마른 창자 씻어내고 근심까지 없애주며

목마른 폐부 되살리니 장수할 수 있다네.

차 향기에 시정(詩情)은 더 많아져서

두 주련에 붓놀림 더욱 빨라진다네.

─이정구(李廷龜)

東風料峭禁城春 동풍료초금성춘

輕暖輕寒乍未均 경난경한사미균

詩課酒籌妨學道 시과주주방학도

藥爐茶臼可安神 약로다구가안신

바람 끝 차가운 서울의 봄은

따뜻하고 차가움이 고르지 않다네.

시, 과제, 술, 셈대는 공부에 방해되고

약화로, 차 호박은 마음 편케 한다네.

─조희일(趙希逸)

주4 登泰山而小天下

태산(泰山)은 중국 산동성(山東省) 태안현(泰安縣)에 있는
오악(五嶽)의 하나로 예로부터 천자들이 이곳에서 봉선(封
禪)을 했다. '태산에 올라보니 천하도 그렇게 큰 것이 아니더
라'는 뜻의 이 문장은 심안(心眼)이 트여 아무리 먼 곳에 있
는 것이라도 알 수 있는 경지를 말한다.

孟子曰 맹자왈

孔子登東山而小魯 공자등동산이소로

登泰山而小天下 등태산이소천하

故觀於海者 難爲水 고관어해자 난위수

遊於聖人之門者 難爲言 유어성인지문자 난위언

맹자가 말하기를

공자께서 동산에 올라보고 노나라가 작다는 것을 알았고

태산에 올라보고서 천하가 작다는 것을 알았다.

예로부터 바다를 본 사람에게는 물다운 물을 보여주기 어렵고

성인의 문하에 노닌 사람에게는 말다운 말을 들려주기 힘들다.

―『맹자』,「진심장(盡心章)」

주5 俯仰之不能容

'부앙(俯仰)'은 『맹자』에 "위로 하늘에 부끄러움이 없고, 아래로 사람들에게 거리낌이 없는 것이 두 번째 즐거움이다[仰不愧於天 俯不怍於人 二樂也]"에서 나온 말로 '천지 간 어디를 보아도'란 의미다. 불능용(不能容)은 '그 눈길을 다 받을 수 없다'는 뜻으로, 보이지 않는 것이 그 어디에도 없다는 말이다.

주6 色魔驚遁

몸 안의 음탕한 마성(魔性)도 놀라 도망간다.

주7 餐尸盲聾

찬시(餐尸)는 옛날 제례에서 교의(交椅)에 신위 대신 앉혔던 어린아이를 말하고 맹롱(盲聾)은 눈멀고 귀먹은 것을 뜻한다. 차 다섯 잔을 마시니 음마색귀(淫魔色鬼)의 마성도 도망치고, 찬시 같던 식욕도 사라진다. 원래 인간의 욕망 중에 색욕과 식욕은 가장 기본적으로 참기 힘든 것인데 차의 힘은 그런 것들도 억누를 수 있다고 했다.

子曰 吾未見好德如好色者也 자왈 오미견호덕여호색자야

好德如好色 斯誠好德矣 호덕여호색 사성호덕의

공자가 말하기를

"나는 아직도 덕 좋아하기를

색 좋아하는 것보다 더한 사람을 보지 못했다.

덕 좋아하기를 색 좋아하듯 하기만 한다면

이것이 정말 덕을 좋아하는 것이다."

—『논어』,「자한(子罕)」

人之所取畏者 袵席之上 飮食之間 而不知爲之戒者過也

인지소취외자 임석지상 음식지간 이불지위지계자과야

사람이 두려움을 가져야 할 바는

이부자리 위에서와 음식이 있는 곳이니

이를 경계해야 할 것을 알지 못하면 잘못을 저지른다.

—『논어』

주8 **雲裳而羽衣**

운상(雲裳)은 운상의상(雲想衣裳)에서 온 말로, 선인들은 예부터 구름으로 옷을 짓는다고 해서 선인들의 의상을 지칭한다. 우의(羽衣)는 깃털로 만든 도사들의 의복 또는 신선들을 지칭하기도 한다.

其誰遊之 龍駕雲裳 기수유지 용가운상

—진(晉) 곽박(郭璞), 『산해경도찬(山海經圖讚)』, 「태화산(太華山)」

天孫應爲織雲裳 천손응위직운상

—송(宋) 한표(韓淲)

夢一道士 羽衣翩躚 過臨皋之下 몽일도사 우의편선 과임고지하

揖予而言曰 赤壁之遊樂乎 읍여이언왈 적벽지유낙호

꿈에 한 도사가 날개를 퍼덕이며 날아서

임고의 아래를 지나다가 나에게 읍하고 말하기를

"적벽의 놀이가 즐거운가."

—소식, 『적벽부』

주9 鞭白鸞於蟾宮

백란(白鸞)은 흰 난새로서 전설 속에 봉황과 함께 상서로운 신조(神鳥)로 등장한다. 섬궁(蟾宮)은 섬여궁(蟾蜍宮)의 준 말로 월궁, 곧 달을 의미한다.

手持白鸞尾 夜掃南山雲 수지백란미 야소남산운

손에 백란의 꼬리를 잡고 밤에 남산의 구름을 쓰네.

― 당(唐) 이하(李賀), 「선인(仙人)」

有鳥焉 其狀如翟而五采文 名曰鸞鳥 見則天下安寧

유조언 기상여적이오채문 명왈란조 견즉천하안녕

새가 있는데 그 모양이 꿩과 같아서 오채문이 있다.

이름을 난새라 하는데 이것이 나타나면 온 세상이 안녕하다.

―『산해경』, 「서산경(西山經)」

有聖君則來 無德則去 유성군즉래 무덕즉거

―후한(後漢) 왕일(王逸)

羿之妻姮娥 竊西王母之不死藥 以奔月宮 云云

예지처항아 절서왕모지불사약 이분월궁 운운

예의 아내 항아가 서왕모의 불사약을 훔쳐 먹고

달나라로 도망갔다 운운.

―반고(班固), 『한서』

蟾蜍兩歲照秋林 忽忽奚堪百感侵

섬여양세조추림 홀홀해감백감침

달이 이태 동안 가을 숲 비추니 온갖 느낌 어이 다 감당하리.

—청(淸) 금농(金農), 「동강와병(東剛臥病)」

憑闌揮手問世俗 何人到得蟾蜍宮

빙란휘수문세속 하인도득섬여궁

난간에 의지해 손 저으며 묻노니 "누가 저 달나라에 가보았나."

—소식

搜腸效速傾三椀 수장효속경삼완

暖胃功深直萬錢 난위공심직만전

乍覺清風生兩腋 사각청풍생량액

蓬萊從可趁飛仙 봉래종가진비선

석 잔을 기울이니 막힌 속 빨리 씻기고

속이 따뜻해져 공력 깊으니 만전의 값이네.

문득 맑은 바람 겨드랑이에 불어오니

봉래산으로 신선 되어 날을 듯하네.

—최연(崔演), 「음다(飲茶)」

大瓢一傾氷雪光 대표일경빙설광

肝膽烱徹通神仙 간담경철통신선

徐徐鑿破渾沌竅 서서착파혼돈규

獨馭神馬遊象先 독어신마유상선

回看向來矸磝地 회간향래자계지

妖魔俗念俱茫然 요마속염구망연

但覺心源浩自運 단각심원호자운

揮斥物外逍遙天 휘척물외소요천

표주박 기울이니 빙설처럼 희어서

마음이 확 트여 신선과 통한다네.

천천히 혼돈의 구멍 깨어 뚫어

홀로 신마 타고 선계에 노닌다네.

돌아보니 지나온 길 자갈밭인데

요사스런 속된 생각 모두 사라지고

마음 바탕 드넓음을 깨달아서

속사를 뛰어넘어 소요세계 노니는 듯하네.

—정희량, 「야좌전다(夜坐煎茶)」

方寸日月

가) 방촌(方寸)은 두 가지 의미로 쓰인다.

㉠ 사방 한 치

方寸之木 방촌지목

— 『맹자』

㉡ 마음

方寸之心 制之在我 방촌지심 제지재아

— 갈홍, 『포박자』

今已失父母 方寸亂矣 금이실부모 방촌난의

— 제갈량(諸葛亮), 『촉지(蜀志)』

我嘆方寸心 誰論一時事 아탄방촌심 수론일시사

— 가도(賈島), 『역수회고(易水懷古)』

나) 일월(日月)도 두가지 의미로 쓰인다.

㉠ 해와 달

日月麗乎天 百穀草木麗乎土 일월려호천 백곡초목려호토

―『역경(易經)』

㉡ 천지(天地)를 얻다. 해와 달을 마음속에 품을 수 있다는
   말로, 육신에 담긴 정신이 우주공간으로 확대되어 영혼을
   다스리는 정도에 이른다. 소아(小我)가 대아(大我)로 시공
   을 초월한 영생불멸의 경지다.

玄宗回馬楊妃死 雲雨難忘日月新

현 종희마양비사 운우난망일월신

―정전(鄭畋)

心地淨如水 翛然無礙隔 심지정여수 소연무애격
正是忘物我 茗椀宜自酌 정시망물아 명완의자작

마음 바탕 깨끗하기 물과 같고 혼연히 트여서 막힘이 없다네.
이것이 바로 우리 모두를 잊는 것 찻잔 가득 차 따라 마신다네.

―김시습, 「고풍(古風)」

手煮淸茶滿椀香 수자청다만완향

晴窓一啜淨肝腸 청창일철정간장

已敎塵念無從起 이교진념무종기

更把何心學坐忘 경파하심학좌망

손수 차 달이니 맑은 향기 잔에 가득하고

밝은 창 앞에서 한 모금 마시니 속이 시원하네.

이미 속된 생각 일어날 데가 없으니

다시 무슨 마음을 잡고 좌망을 배우리.

—유방선(柳方善), 「영회(詠懷)」

주11 籧篨

거적때기. 중국에선 조악한 대자리를 뜻한다.

簟 其粗者謂之籧篨 점 기조자위지거저

삿자리 중에서 아주 조잡한 것을 거제라 한다.

—『방언(方言)』

以籧篨裏尸 이거저과시

거적때기로 시체를 싸다.

—『진서(晉書)』

주12 **巢許**

소보(巢父)와 허유(許由)를 말한다. 소보는 요(堯)임금 시대
의 고사(高士)로 세상을 등지고 은거하면서, 나무 위에 거처
를 마련하여 살았기에 사람들이 소보라 불렀다. 허유는 소보
와 동시대 사람으로 기산(箕山)에 살면서, 요임금이 황제의
자리를 주려 했으나 사양했다.

巢父木棲而自願 소보목서이자원

소보는 나무 위에서 살기를 원했다.

— 한(漢) 왕부(王符)

巢父 山居不營世利 年老以樹爲巢而寢其上 故時人呼曰巢父

소보 산거불영세리 연로이수위소이침기상 고시인호왈소보

소보는 산속에서 살면서 세속의 이익을 꾀하지 않고,

늙도록 나무 위에 둥지를 틀고 그 위에서 잤기 때문에

당시의 사람들이 소보라고 불렀다.

— 혜강, 『고사전(高士傳)』

夷齊

백이(伯夷)와 숙제(叔齊) 형제를 이른다. 작은 제후국인 고죽국(孤竹國)의 첫째와 셋째 아들로 아버지의 뒷자리를 서로 사양하다가 모두 출가하여 주(周)의 문왕에게 의탁하려 했으나 가보니 문왕은 이미 죽고, 그 아들 무왕이 주의 건국을 위해 혁명을 일으켰다. 그래서 그 부당함을 말했으나 듣지 않고 은(殷)나라를 멸망시키고 새 나라를 세우니, 이들은 그 의롭지 못한 나라의 곡식을 먹을 수 없다 하여 수양산(首陽山)에 들어가서 고사리를 캐 먹다가 아사했다.

孟子曰 맹자왈

伯夷辟紂 居北海之濱 백이벽주 거북해지빈

聞文王作 興曰盍歸乎來 문문왕작 흥왈개귀호래

吾聞西伯 善養老者 오문서백 선양로자

太公辟紂 居東海之濱 태공벽주 거동해지빈

聞文王作 興曰盍歸乎來 문문왕작 흥왈개귀호래

吾聞西伯 善養老者 오문서백 선양로자

天下有善養老則仁人 천하유선양로즉인인

以爲己歸矣 이위기귀의

맹자가 말하기를

백이와 숙제는 주왕을 피해서 북해의 물가에서 살다가

문왕의 일을 듣고 일어나

서백이 늙은이를 잘 대접한다 하니 내 가서 의지하겠다.

태공도 주왕을 피해서 동해의 물가에서 살다가

문왕의 일을 듣고 일어나

서백이 늙은이를 잘 대접한다 하니 내 가서 의지하겠다.

세상에서 늙은이를 잘 대접한다면 착한 사람이니

돌아가 의지하겠다.

—『맹자』, 「진심장(盡心章)」

父死不葬 爰及干戈 可謂孝乎 부사불장 원급간과 가위효호

以臣弑君 可謂仁乎 이신시군 가위인호

…

登彼西山兮 采其薇矣 등피서산혜 채기미의

以暴易暴兮 不知其非矣 이폭역폭혜 부지기비의

神農虞夏 忽焉沒兮 신농우하 홀언몰혜

我安適歸矣 于嗟徂兮 命之衰矣 아안적귀의 우차조혜 명지쇠의

아버지가 돌아가셨는데

장례가 끝나지도 않았는데 곧 전쟁을 하는 것이 효라고 할 수 있습니까.

신하로서 임금을 치는 것을 어질다고 하겠습니까.

…

저 서산에 올라 고사리를 캔다네.

폭력을 폭력으로 대하면서 그 잘못을 알지 못하네.

신농, 순과 우왕의 시대(태평성대)는 다 없어졌으니

내 어디 가서 자리 잡으리.

아! 이 목숨 이제 끝나가는구나.

―『십팔사략(十八史略)』

주14 **玄虛**

　현원허무(玄遠虛無)의 준말로 깊이를 알 수 없는 드넓은 진
　리의 세계다.

聖人觀其玄虛 用其周行 성인관기현허 용기주행

성인은 현허한 세계를 알고 그에 맞게 생각하고 행동한다.

―한비(韓非),『한비자(韓非子)』

安神閨房 思老氏之玄虛 안신규방 사노씨지현허

규방에서 정신을 편하게 하고 노자의 그 현허한 세계를 생각했다.

―『후한서(後漢書)』, 「중장통전(仲長統傳)」

輕爵祿 慕玄虛 莫道漁人只爲魚

경작록 모현허 막도어인지위어

벼슬해서 받는 녹을 가벼이 생각하고

현허한 진리의 세계를 흠모하니

고기 잡는 이를 다만 고기잡이로만 생각지 않았다.

―당(唐) 이순(李珣), 「어부가(漁父歌)」

老聃玄虛 莊周氏之自然 死以爲眞

노담현허 장주씨지자연 사이위진

노자가 현허한 세계였고 장자가 자연의 세계였다는 것은

죽은 후에 진실이 되었다.

―금(金) 원호문(元好問), 『신중루(蜃中樓)』

주15 **生襟**

   여기서는 '마음에서 생긴다'는 뜻으로 쓰였는데, 다른 뜻도 있다.

㉠ 옷깃[交領]

㉡ 품고 있는 마음[胸懷, 心懷]

氣和薰北陸 襟曠納東溟 기화훈북륙 금광납동명

기운은 북쪽 대륙을 녹이고 마음은 동쪽 바다를 품을 만큼 넓다.

—두목(杜牧)

주16 **閶闔**

전설적인 천국을 말한다.

吾令帝閽開關兮 倚閶闔而望予 오령제혼개관혜 의창합이망여

내 하늘나라 문지기에게 관을 열게 하고

하늘 문에 기대서 아득히 바라보네.

—「이소(離騷)」, 왕일(王逸)의 주(註)에 '창합천문야(閶闔天門也)'

若蒙羽駕迎 得奉金書召 高馳入閶闔 方覿靈妃笑

약몽우가영 득봉금서소 고치입창합 방도령비소

깃털 달린 수레를 타고 신선의 편지로 부름을 받아

높이 하늘나라에 이르니 영비가 웃으며 맞이하네.

—심약(沈約), 「유금화산(遊金華山)」

주17 孔

아주, 매우의 뜻으로 쓰인다.

주18 蓬萊

가) 전설 속의 신산(神山)으로 주로 선경(仙境)의 의미로 많
이 쓰인다.

自威 宣 燕昭使人入海蓬萊 자위 선 연소사인입해봉래

方丈 瀛洲 此三神山者 방장 영주 차삼신산자

其傳渤海中 기전발해중

위왕, 선왕, 연왕으로부터 사람을

봉래, 방장, 영주, 바다로 들어가게 하니

이것이 발해 중에 있다는 삼신산이다.

—『사기』

나) 일설에 우리나라의 금강산[蓬萊], 지리산[方丈], 한라산[瀛

洲를 대칭하기도 한다.

漸窮佳境到妙處 점궁가경도묘처

拍手朗詠離騷篇 박수낭영이소편

吾聞上界眞人好淸淨 오문상계진인호청정

噓吸沆瀣糞穢痊 허흡항해분예전

餐霞服玉可延齡 찬하복옥가연령

洗髓伐毛童顔鮮 세수벌모동안선

我自世間有如此 아자세간유여차

豈與枯槁爭長年 기여고고쟁장년

좋은 곳 향해 나아가 오묘한 곳 이르면

손뼉 치며 즐겁게 『이소경』을 읊으리.

듣자니 선계의 진인들은 깨끗함을 좋아하여

이슬을 마시면서 배설도 하지 않고

노을과 옥을 먹어 오래 살면서

마음 씻고 터럭 베어 동안처럼 곱다네.

나도 세상 대함 이와 같거늘

어찌 말라버린 나무들과 오래 살기 다투리.

―정희량, 「야좌전다」

坐對半輪月 爲傾三椀茶 좌대반륜월 위경삼완다

何由揷兩翼 去賞天桂花 하유삽양익 거상천계화

반달 쳐다보고 앉아 석 잔 차 기울이네.

어인 일로 양 날개 찼는가, 달 속에 계수나무 구경하려네.

—서거정, 「대월음다(對月飮茶)」

自我來普賢 心閑境亦便 자아래보현 심한경역편

石鼎沸新茗 金爐生碧煙 석정비신명 금로생벽연

以我方外人 從遊方外禪 이아방외인 종유방외선

내 보현(절)에 들고부터 마음도 한가롭고 지내기 또한 좋아

돌솥에 새차 달이니 탕관에 푸른 안개 피네.

나 방외의 사람으로 세속 밖의 스님 따라 논다네.

—김시습, 「보현사(普賢寺)」

의역

차를 다 끓인 후, 한 잔을 마시면 흐렸던 정신이 바로 서고 안목이 제대로 돌아오네. 두 잔을 마시니 세속의 오탁이 씻겨 내리고 선계에 오른 듯 상쾌해지니 현실에 얽힌 굴레를 벗어 던진 후에 심신이 깃털

처럼 가볍구나. 세 잔을 마시고 나니 육신의 고통이 사라지고 오직 의롭고 참된 마음이 가득 차네. 세속의 헛된 명리(名利)를 뜬구름처럼 하찮게 여기며, 삼라만상을 포용할 호연한 기개가 넘치는 성현의 심도(心道)에 이르노라. 네 잔을 마시니 모든 분노와 근심이 사라지고 크고 드넓은 호기가 생겨, 보려고 해서 보이지 않는 것이 없고, 알고 싶어 해서 모르는 것이 없는 기개(氣慨)에 이른다. 다섯째 잔에 가장 본능적인 욕구마저 사라져 몸이 둥둥 떠올라 선계에 노니는 듯하고, 번잡함이 사라져 보이는 것도 들리는 것도 없노라. 여섯째 잔을 마시니 광명한 지혜가 나 자신 속에 우주를 담게 하고, 영혼을 다스려 세속의 모든 일이 티끌처럼 여겨진다. 이런 경지는 우리가 이상으로 삼는 고귀한 청정과 결백과 의로움이 함께하는 세계이니 육체적 현상을 초탈하여 드높은 정신세계에 노닐게 된다. 청빈한 선비로 평생 물외에서 우유(優遊)한 소보나 허유, 목숨을 절의보다 가벼이 여겨 의로움을 지킨 백이나 숙제도 내가 거느릴 수 있는 마음에 이른다. 그러니 일곱째 잔은 다 마시지도 않아 저절로 하늘나라에 이르게 된다.

해설

이에 기쁜 마음으로 신(神)의 경지에서 자작하니 흐렸던 마음이 맑아지고, 지난날의 잘못들을 깨달아 올바른 가치관을 정립한다. 도연명(陶淵明)이 "지난 일 뉘우쳐도 돌이킬 수 없는 줄 알았으니, 앞으로 닥치는 일에 열중하여 틀리지 않겠노라. 실로 내 틀려도 멀리 어긋나지 않았으니, 지금 생각이 옳고 지난 일이 틀렸음을 깨달았네[悟已往之不諫 知來者之可追 實迷塗其未遠 覺今是而昨非]"하고 노래한 심경이다.

한재는 차를 평범한 약용으로 쓸 뿐 아니라 정신적 고뇌까지 치료하여 평상심에 이르게 하는 금단(金丹)으로, 양생(養生)의 선약(仙藥)이라 생각했다. 노동은 세 잔을 마시고야 정신이 맑아져 막혔던 시사(詩思)가 트였는데, 한재는 첫 잔을 마시고 마음이 깨끗해지고 문사(文思)가 일어 현화(眩花)가 사라지고 새로운 안목에 접한다. 둘째 잔을 마시니 속진(俗塵)을 벗고 선계에 오를 듯한 기분이 되니 이는 옥천자(玉川子)가 여섯 잔을 마신 후에 맛본 기분이다. 세 잔을 마셨을 때는 유가(儒家)에서 완전인(完全人)이라 추앙되는 공맹의 드높은 경지에 이른다고 했다.

모든 현실적 육체적 어려움을 넘어 삶의 참다운 뜻을 깨달아 마음은 올바른 것만 생각하고 기개는 우주로 확대되어 조화를 이루었다. 공자, 맹자 같은 성현의 경지는 보통 선비가 도달할 수 없는 이상일 뿐이다. 만약 『다부』의 이런 내용이 일반적인 글에서 나왔다면 사문난적(斯文亂賊)이라는 지탄을 받을 빌미가 될 정도로 엄청난 말이 되었을 것이다. 그러나 차의 힘을 빌려 얻을 수 있는 경지니 탓할 것이 못된다.

넷째 잔을 마시고서 노자가 말한 군자불기(君子不器)의 참뜻을 체험하고 『논어』의 심광체반(心廣體伴)의 경지에 이른다. 천지에 아무 거리낄 것 없고, 마음은 현허(玄虛) 어디에라도 통할 수 있다. 막혔던 시계(視界)가 사라지고 가렸던 생각의 규구(規矩)가 트인다. 색즉시공(色卽是空)이요 공즉시색(空卽是色)의 진리를 터득한다.

다섯째 잔을 마시니 인간의 가장 원초적 욕망인 식욕과 성욕의 굴레를 벗어나 신선의 옷을 입고 세속과 선계를 자유로이 노닐 수 있게 되었다. 곧 속(俗)과 선(仙)이 함께한 무애지경(無碍之境)에 이른다.

여섯째 잔에서 소아가 대아로 변하고, 한 점의 티끌도 없는 본성으로 귀착된다. '원래 내 몸 안에 하나의 티끌도 없는데, 어디에서 먼지가 일어날 수 있겠는가[本來無一物 何處惹塵埃]'의 깨달음이요 직지인심(直指人心)에 이름이다. 시공을 초월한 영생불멸의 경지에 도달하니, 한정된 육신에 담긴 무한의 정신이 우주공간으로 뻗어 영혼을 다스린다. 방촌(方寸)에 일월(日月)을 품은 것은 바로 작자의 이상적 세계요, 도학자의 종착점일 뿐 아니라 다객(茶客)의 귀착지인 고귀한 정신세계다. 살아 있는 육신이 도달할 수 있는 최고의 형이상적 공간이다.

다음 일곱째 잔을 대하면 육신은 없고 정신만 있어 마음이 형상을 뜻대로 움직일 수 있다. 기품은 맑고 정화되어 금도(襟度)는 이미 선인이니, 그가 머무는 곳 어딘들 선계가 아니겠는가? 호접몽(蝴蝶夢)을 깬 장주(莊周)의 깨달음이 바로 한재의 깨달음이었다.

제4절 오공

1

若斯之味 極長且妙 而論功之不可闕也

약사지미 극장차묘 이론공지불가궐야

當其凉生玉堂 夜闌書榻 欲破萬卷
　　　　　　주1　　　　　주2

당기량생옥당 야란서탑 욕파만권

頃刻不輟 董生脣腐 韓子齒豁
　　　　　주3　　　　　주4

경각불철 동생순부 한자치활

靡爾也 誰解其渴 其功一也

미이야 수해기갈 기공일야

次則讀賦漢宮 上書梁獄
　　　주5　　　　주6

차즉독부한궁 상서양옥

枯槁其形 憔悴其色 [주7]

고고기형 초췌기색

腸一日而九回 若火燎乎膈臆 [주8]

장일일이구회 약화요호픽억

靡爾也 誰叙其鬱 其功二也

미이야 수서기울 기공이야

次則一札天頒 [주9] 萬國同心 星使傳命 [주10] 列侯承臨

차즉일찰천반 만국동심 성사전명 열후승임

揖讓之禮旣陳 [주11] 寒喧之慰將訖 [주12]

읍양지례기진 한훤지위장흘

靡爾也 賓主之情誰恊 其功三也

미이야 빈주지정수협 기공삼야

次則天台幽人 [주13] 靑城羽客 [주14] 石角噓氣

차즉천태유인청성우객 석각허기

松根鍊精 [주15] 囊中之法欲試 [주16] 腹內之雷乍鳴 [주17]

송근련정 낭중지법욕시 복내지뢰사명

靡爾也 三彭之蠱誰征 [주18] 其功四也

미이야 삼팽지고수정 기공사야

次則金谷罷宴 兎園回轍 宿醉未醒 肝肺若裂
<u>주19</u>   <u>주20</u>

차즉금곡파연 토원회철 숙취미성 간폐약렬

靡爾也 五夜之醒誰輟 其功五也
<u>주21</u>

미이야 오야지정수철 기공오야

 직역

이처럼 차의 맛이 아주 좋고 신묘(神妙)하니 그 공을 논하지 않을
수 없네. 옥당이 서늘하여 밤 깊도록 서탑에 앉아 만 권을 독파하고
자 잠시도 쉬지 않아 동생은 입술이 상하고 한유는 이가 빠졌다네.

이때 네가 아니면 누가 그 목마름을 풀어주겠는가. 그것이 첫 번째
공이지.

다음은 한궁에서 부를 읽고 양옥에서 글을 올려, 형상이 깡마르고 안
색이 초췌하며 마음이 하루에 아홉 번이나 뒤틀리고 답답한 가슴 불타
오를 때, 네가 아니면 누가 그 울분 풀겠는가. 그것이 두 번째 공이오.

다음은 황제가 내리는 칙령 한 통에 온 나라가 함께하고 칙사가 황
명을 전하면 모든 제후들이 받들어, 읍하고 겸양하여 예를 베풀고 인
사말을 주고받으며 격려할 때, 네가 아니면 누가 빈주(賓主)의 정을
잘 통하게 하겠는가. 그것이 세 번째 공일세.

다음은 천태유인이나 청성우객이 솟아 있는 돌 위에서 토납(吐納)하고, 솔뿌리[茯苓]를 연성하여 신선의 비법을 시험하매 배 안에서 꾸르륵거리는 소리 크게 날 때, 네가 아니면 몹쓸 사람의 욕망을 누가 바로잡으리. 그 공이 네 번째네.

다음은 금곡원(석숭의 동산)에서 파연(罷宴)하고 토원(양 효왕의 별장)의 잔치에서 돌아올 때, 취한 술로 간과 폐가 찢어질 듯 아플 때, 네가 아니면 누가 새벽의 술에서 깨어나게 하리오. 그것이 다섯째 공이로다.

 주

주1 玉堂

홍문관(弘文館)의 별칭이다.

주2 夜闌書榻

'밤늦도록 책상에 앉아'라는 뜻으로, 란(闌)은 '늦은 밤'을 의미한다.

주3 董生脣腐

'동생(董生)은 입술이 상하고'라는 뜻으로, 동생은 당(唐)대 안풍인(安豊人)으로 진사에 올랐으나 벼슬길에 나가지 않고 학문에만 전념한 학자이다.

주4 韓子齒豁

'한유(韓愈)는 이가 빠졌다네'라는 뜻이다. 한유는 당송팔대가(唐宋八大家)의 한 사람으로 특히 유종원(柳宗元)과 함께 문장에 뛰어난 것으로 유명했다.

주5 讀賦漢宮

한(漢)대 황제들이 부(賦)를 좋아하여 사마상여(司馬相如), 양웅(揚雄) 같은 부의 명인들이 황실을 가까이했다. 그러나 당시에는 부가(賦家)를 천시하는 풍조가 있어서 양웅 같은 이는 후에 학문 연구에 힘써서 학자로 변신했다.

주6 上書梁獄

한(漢) 효왕(孝王) 때 추양(鄒陽)이라는 충신이 반대파의 무고(誣告)로 하옥(下獄)되어 죽게 되자 양(陽)이 옥중에서 자기결백을 증명하는 상소[自明上疏]를 올린 일을 말한다.

주7 枯槁其形 憔悴其色

屈原旣放 遊於江潭 굴원기방 유어강담

行吟澤畔 顔色憔悴 행음택반 안색초췌

形容枯槁 漁夫見而問之曰 형용고고 어부견이문지왈

子非三閭大夫與 何故至於斯 자비삼려대부여 하고지어사

屈原曰 擧世皆濁 我獨淸 굴원왈 거세개탁 아독청

衆人皆醉 我獨醒 是以見放 중인개취 아독성 시이견방

굴원이 귀양 와서 강담에 노닐며 물가를 거닐고 읊을 때

안색이 초췌하고 모양이 바싹 말라서 어부가 보고

"당신은 삼려대부가 아니십니까.

어떤 까닭으로 이 지경이 되었습니까?" 하고 묻자,

굴원이 말하기를 "온 세상이 다 탁한데 나 홀로 깨끗하고

여러 사람들이 다 취했는데 나 홀로 깨어 있었기 때문에

이렇게 귀양을 왔다네" 하고 답했다.

—굴원, 「어부사」

주8 膈臆

답답한 가슴을 뜻한다.

주9 一札天頒

한통의 천자칙령(天子勅令)이 반포(頒布)될 때를 의미한다.

주10 星使傳命

칙사(勅使)가 명을 전하는 것을 말한다.

주11 揖讓之禮

읍양(揖讓)은 읍하고 사양하는 예절의 기본이니, 서로 만나
서 인사할 때 하는 예절 일체를 말한다.

주12 寒喧之慰將訖

인사말(기후나 안부의 인사)을 주고받으며 위로하고 격려함.

주13 天台幽人

天中之岳謂鼻也 一名天台 천중지악위비야 일명천태

天台 浙江天台縣山名 천태 절강천태현산명

自古號爲飛仙所居 자고호위비선소거

漢劉晨阮入天台探藥 한유신완입천태채약

遇二女子 留半年年久歸 우이여자 유반년년구귀

邸家已地 저가이지

천중의 악을 일러 '비'라고 하는데 일명 천태라고도 한다.

천태는 절강성 천태현에 있는 산 이름으로

예로부터 신선들이 산다고 했다.

한나라 때 유신원이 천태산에 들어가 약을 캐다가

두 여인을 만나 반년을 지나고 돌아와 보니

너무 여러 해가 지나 자기가 살던 집은 간곳없고 터만 남았더라.

—왕희지(王羲之), 『황정경(黃庭經)』

주14 靑城羽客

四川省岷山連峰之 第一峰 自古道家聖地

사천성민산연봉지 제일봉 자고도가성지

청성은 산 이름으로 사천성 민산 연봉의 제일봉이며

예로부터 도가의 성지이다.

신라의 무상(無相, 684~756) 스님은 자주(資州) 덕순사(德順
寺)의 처적(處寂)에게서 인정받고, 청성산 정중사(淨衆寺)에
서 정중종(淨衆宗)을 선양(宣揚)하고, 후에 대자사(大慈寺)
에서 주석(主席)했다. 인성염불(引聲念佛)을 주로 한 스님의
가르침은 마조도일(馬祖道一)에게 영향을 주었고 삼학(三
學)사상으로 유명하다.[9]

주15 松根鍊精

송근(松根)은 원래 선연(仙緣)이 있으니 그 뿌리인 복령(茯
苓)이 좋은 약재이고, 송자(松子)와 송엽(松葉)은 선식(仙食)

---

9) 『한국차문화사』(이른아침, 2007) 상(上)권 99~101쪽 참고.

또는 송차(松茶)로 애용되었기 때문이다.

주16 囊中之法欲試

㉠ 주머니에 넣어서 걸러 (정제하여) (복령을) 시험하다.

낭(囊)을 구체적으로 낭록(囊漉)이나 녹대(漉袋)라 부른다.

肌液肉汗 踧笮便出 기액육한 축착편출

無主於哀樂 猶筵酒之囊漉 무주어애락 유사주지낭록

雖笮具不同而酒味不變也 수착구불동이주미불변야

몸의 땀도 짜서 낼 수 있듯이

슬픔이나 기쁨도 일정하지는 않다.

자루에 넣어 술을 거르듯이

짜는 기구가 비록 같지 않더라도

술맛은 변함이 없는 것과 같다.

— 혜강, 『성무애락론(聲無哀樂論)』

㉡ 낭중술(囊中術), 곧 가진 지혜를 동원하여 일을 꾀하는 것. 가
진 지혜를 모두 동원하여 복령을 선식으로 만든 것을 말한다.

萬金不換囊中術 만금불환 낭중술

아무리 좋은 것이라도 낭중술과는 바꾸지 않는다.

—이백(李白), 『보살만(菩薩蠻)』

주17 腹內之雷乍鳴

배 안에서 변화가 일어나는 소리. 우리가 흔히 약을 먹고 체질을 바꾼다고 할 때, 배가 끓고 속이 편하지 못한 상태를 말한다.

주18 三彭之蠱

사람의 욕망 중 삼욕(三慾)의 벌레를 말한다. 상시(上尸) 팽거(彭倨)는 재보(財寶), 중시(中尸) 팽질(彭質)은 음식, 하시(下尸) 팽교(彭矯)는 색(色)을 구하는 욕망이다.

주19 金谷

河南 洛陽縣 谷中有水 하남 낙양현 곡중유수
水經注金水謂之 수경주금수위지
石崇自序云 余有別廬 석승자서운 여유별려
在金谷 澗中清泉茂樹 재금곡 간중청천무수

衆果栢 藥物備具 중과백 약물비구

又有水礁魚池 此世傳金谷園也 우유수초어지 차세전금곡원야

하남성 낙양현 골짜기에 물이 있는데

『수경주(水經注)』에 '금수'라고 했다.

석숭이 스스로 서문을 붙여 이르기를

'나에게 별려가 금곡에 있는데

골짜기에 맑은 샘과 무성한 나무며 여러 과일과 잣

그리고 온갖 약물이 갖추어져 있고

또 물가 언덕과 고기가 노는 못이 있으니

이것이 세상에서 말하는 금곡원이다'라고 했다.

주20 兔園

一名 梁園 河南商丘縣 梁孝王築東苑 方三百餘里
일명 양원 하남상구현 양효왕책동원 방삼백여리

일명 양원이라고도 하는데 하남성 상구현이니,

양나라 효왕이 동원을 만들 때 한 쪽 길이가 300여 리나 되었다.

—『사기』

兎園中有百靈山雁池 其諸宮規 速連瓦數十里

토원중유백령산안지 기제궁규 속연와수십리

토원 중에 백령산 안지가 있고

그 여러 궁궐 지붕의 기와가 수십 리나 이어진 규모였다.

—『서경잡기(西京雜記)』

주21 **五夜**

오경(五更) 곧 인시(寅時, 3시부터 5시까지)인 새벽이다.

의역

차가 이렇게 좋으니 그 공을 찬양하여 말하지 않을 수 없네. 기후가 서늘하여 책 읽기 좋은 밤 안석(案席)에서 조금도 쉴 틈 없이 많은 책을 읽느라 몸까지 상했던 동생과 한유 같은 학자들이 갈증을 해소하여 학문에 정진할 수 있게 한 공은 매우 큰 것이다.

모든 자존심과 역겨움을 참고 왕공대부들의 비위를 맞추며 작품[賦]을 읊었던 문인들이나 억울하게 죽음을 앞에 둔 채 배신감에 젖은 추양처럼, 육체적 고통은 물론 정신적으로 피폐했던 지조 있는 사람들의 그 울분을 씻어서 어루만져 준 차의 공 또한 말하지 않을 수 없다.

다음은 천하가 덕으로 잘 다스려지고 황제와 제후들 간의 충돌이나 불만 없이 서로 겸양하며 예절에 어긋나지 않도록 하는 데 공로가 있다. 국가 간 사신들의 왕래에 다례(茶禮)를 행했고 서로 주고받는 예물에도 차가 중요한 품목이었다.

넷째로 인간의 영원한 바람은 장생불사(長生不死)하는 선계(仙界)로 승화되는 것이니, 예로부터 부지런히 선술(仙術)을 닦고 단약(丹藥)을 복용하지만 아직도 그 뜻을 이루지 못하고 있다. 이때 도움을 주는 것이 차다. 어지러운 정신을 바로잡고 우리 마음속에 꿈틀거리는 식욕·색욕·물욕을 잠재워서 평온을 찾도록 한다.

끝으로 말초적 신경의 자극을 견디지 못해 위락(慰樂)과 유흥에 젖어 술을 과음하고 몸에 병을 얻어 군자의 길을 가지 못하고 있을 때 그것을 다스릴 수 있는 것이 바로 차라 하겠다.

해설

유자(儒者)가 수신하고 학문을 닦기 위해 독서 정진하는 일은 자신뿐만 아니라 국가적으로도 중요한 일이다. 이렇게 몰두하다 보면 심신이 피로하여 건강을 해치거나, 사고(思考)의 원기를 잃을 수도 있으니 이때 정녕 도움을 줄 수 있는 것은 정행(精行)을 돕는 차이다.

뜻있는 선비가 뜻 같지 못한 현실에 몸담고 있을 때에는 일반적으로 과격하게 저항하거나 은둔하고 만다. 그러나 차의 힘을 빌리면 그 울분을 삭이고 순리에 따라 정로를 갈 수 있다.

다음은 외교상의 절차나 교섭은 물론, 개인들의 예교(禮交)에도 차는 예양(禮讓)의 마음을 일깨워 서로 친목하고 상대를 인정하여 빈주(賓主)의 좋은 관계를 유지시킨다. 그때의 다례는 지금의 만찬과도 역할이 상통한다.

인간의 궁극적 욕망은 시공의 틀을 벗어나 시간적으로 영원히, 공간적으로는 범우주적 대아(大我)로 확대되기를 원한다. 그러기 위해 선도를 닦고 욕망과 싸운다. 하지만 현실적으로 기본적인 생리적 욕구마저 버리기는 힘들다. 먹지 않을 수 없고 색과 물에 대한 욕망을 접기란 너무 어렵다. 이때 차의 힘을 빌리면 그 끝을 알 수 없는 정신 세계가 제 본 모습을 찾아 이런 욕망에서 벗어날 수 있게 한다.

그리고 양생에 도움을 준다. 오락이나 잡기는 물론, 기호물도 지나치면 양생을 해친다. 그중에도 술은 더욱 그렇다. 하루가 멀다 하고 취생몽사(醉生夢死)하는 향락에 빠져 감각적 자극에 의존하여 세월을 보내는 이들에게 각성제가 되어 깨우침을 주는 차의 공을 들지 않을 수 없다. 이는 개인의 육체와 정신을 구할 뿐 아니라 국가나 사회에도 크게 이바지한다.

吾然後知 茶之又有六德也

오연후지 다지우유육덕야

使人壽修 有帝堯大舜之德焉
주1

사인수수 유제요대순지덕언

使人病已 有兪附扁鵲之德焉
주2

사인병이 유유부편작지덕언

使人氣淸 有伯夷楊震之德焉
주3

사인기청 유백이양진지덕언

使人心逸 有二老四皓之德焉
주4

사인심일 유이로사호지덕언

使人仙 有黃帝老子之德焉
주5

사인선 유황제노자지덕언

使人禮 有姬公仲尼之德焉
주6

사인례 유희공중니지덕언

 직역

내가 나중에 또 차에 여섯 가지 덕(德)이 있음을 알았다.

사람을 오래 살게 하니 요순 같은 덕이 있다.

사람의 병을 낫게 하니 유부(황제시대의 명의)와 편작(전국시대의
명의) 같은 어진 덕이 있다.

사람의 기운을 맑게 하니 절의를 지킨 백이와 청빈한 학자 양진 같
은 덕이 있다.

사람의 마음을 편안하게 하니 순제 때 예관 백이나 태공망 여상과,
한초(漢初) 상산에 은거했던 네 늙은이의 덕이 있다.

사람으로 하여금 신선 되게 하니 황제와 노자의 덕을 가졌노라.

사람으로 하여금 예절에 맞게 하니 주공과 공자의 덕을 갖추었다.

주

주1 **帝堯大舜**

중국 고대의 오제(五帝)들로 정치를 잘 하여 '요는 하늘이요, 순은 태양'이라는 뜻의 '요천순일(堯天舜日)'이란 말이 전할 정도였다. 흔히 요순시대라 칭한다.

요(堯)는 중국 부족연맹시대(신화전설시대) 오제의 한 사람이다. '곡'이 죽고 '자'라는 사람으로 임금을 삼았는데 선(善)하지 못해서 동생인 '방훈'을 임금으로 삼았으니 그가 곧 요임금이다.

允恭克讓 光被四表 윤공극양 광피사표

格于上下 克明俊德 격우상하 극명준덕

以親九族 九親旣睦 이친구족 구친기목

平章百姓 百姓昭明 協和萬邦 평장백성 백성소명 협화만방

공손하고 사양하며 온 세상에 빛(은총)을 내리어

천지에 가득했다.

큰 덕을 밝혀 구족을 화목하게 하고

구족이 화목하니 백성들이 잘 다스려지고

백성들을 밝게 다스리니 온 세상이 화평했다.

—『서경(書經)』, 「요전(堯典)」

순(舜)은 중국 부족연맹시대 오제의 한 사람이다. 요성(姚
姓), 유우씨(有虞氏)로 이름은 중화(重華)이나 일반적으로 우
순(虞舜)으로 칭한다. 요(堯)에게서 선양(禪讓)받고, 후에 우
(禹)에게 선양했다. 자랄 때의 고난이 많았다.

堯曰 咨爾舜 天之曆數在爾躬 요왈 자이순 천지력수재이궁

允執其中 四海困窮 天祿永終 윤집기중 사해곤궁 천록영종

요임금이 이르기를

"순아! 하늘의 역수(曆數, 법칙에 맞게 돌아가는 원리)가

오직 너의 몸에 있으니 중정을 잡아야 한다.

온 나라가 곤궁해지면

하늘이 너에게 내린 녹이 끊어질 것이다"라 했다.

—『논어』

子曰 舜其人大知也與 자왈 순기인대지야여

好問而好察邇言 隱怒而揚善 호문이호찰이언 은노이양선

執其兩端 用其中於民 집기양단 용기중어민

공자가 이르기를

"순은 큰 지혜를 가진 분이구나.

묻기를 좋아하고 가까이 쉬운 말로 살피며

좋지 않은 것은 숨기고 좋은 점을 선양하여

그 양극단을 잡아 중간을 백성들에게 적용했다"고 한다.

― 『중용(中庸)』

주2 **俞附扁鵲**

유부(俞附)는 황제 때의 양의(良醫)로, 나무 인형에 입김을

불어넣어 죽은 사람을 살렸다는 얘기가 전하는 일종의 무의

(巫醫)로 보인다. 편작(扁鵲)은 전국시대의 명의(名醫)로, 신

인(神人) 장상군(長桑君)을 만나 의술을 전수받아 인체를 투

시할 수 있었다 한다. 일종의 기공치료(氣功治療) 방법이라

생각된다.

주3 **伯夷楊震**

백이(伯夷)는 182쪽의 주13을 참고한다.

양진(楊震)은 후한(後漢)시대에 청빈하게 산 선비로, 관서공

자(關西孔子)라 불리는 양백기(楊伯起)를 말한다. 후에 군(郡)의 태수(太守)가 되었을 때 이전부터 알고 추천한 바 있던 속읍령(屬邑令)이 금덩이를 가져와서 놓고 "밤이라 아는 사람이 없습니다[暮夜無知者]"라 하거늘 진이 "하늘이 알고 땅이 알고 그대가 알고 내가 알아 넷이나 아는데 어찌 아는 이가 없다고 하는가[天知, 地知, 子知, 我知而四知 何謂無知]" 하고 말하니, 그가 부끄러워하며 가지고 돌아갔다. 『사기』에 '그의 장사 날에 명사(名士)들이 다 모였는데 큰 새가 한 길 정도 높이까지 내려와 묘 앞에서 고개를 끄덕이며 눈물을 흘리고 날아갔다'는 내용이 나온다.

주4 **二老四皓**

이노(二老)는 백이(伯夷)와 여상(呂尙)을 말한다.

㉠오제의 두 번째 황제 전욱(顓頊)의 스승인 백이가 있다.

伯夷生西岳 西岳生先龍 백이생서악 서악생선룡

先龍是始生氏羌 (郭璞註 선룡시시생씨강 (곽박주

伯夷父 顓頊師) 今氏羌其苗裔也 백이보 전욱사) 금씨강기묘예야

백이는 서악을 낳고, 서악은 선룡을 낳고,

선룡에게서 씨강이 생겼으니, (곽박의 주에 백이보는 전욱의 스승이다.)

묘족이 그 후예이다.

—『산해경』

帝顓頊師伯夷父 제전욱사백이보

전욱 황제의 스승이 백이라는 남자이다.

—『여씨춘추(呂氏春秋)』

ⓛ 순의 신하인 백이로, 여기에선 이 의미로 쓰였다.

舜之臣子伯夷 齊太公之先祖

순지신자백이 제태공지선조

帝舜曰 咨 四岳 有能典聯三禮

제순왈 자 사악 유능전연삼례

僉曰 伯夷

첨왈 백이

순의 신하 백이는 제나라 태공의 선조다.

순이 "이 세상에서 전례에 관한 삼례에 능한 사람이 있는가"

하고 묻자, 첨이 이르기를 "백이입니다"라고 답했다.

—『서경』

伯夷唐虞時 明禮儀之官也 백이당우시 명례의지관야

백이는 요순시대의 예의에 밝은 관리였다.

—『사기』

ⓒ 주무왕시(周武王時)의 충절을 지킨 백이와 숙제 형제도
　있다.

여상은 강태공이라고도 불린 주나라 초기의 정치가이다.

참고로 사호(四皓)는 한(漢) 고조(高祖) 때 진시왕(秦始王)의
난세를 피하여 섬서성 상산(商山)에 은거했던 눈썹까지 흰
네 늙은이 공국공(東國公), 기리계(綺里季), 하황공(夏黃公),
녹리선생(甪里先生)을 뜻한다.

주5 **黃帝老子**

황제(黃帝)는 삼황 중의 하나로 주거(舟車), 의복(衣服), 역서
(曆書), 무기(武器), 음률(音律) 등을 만들고, 양생에 관심을
가져서 『내경(內經)』, 『몽유화서지국(夢遊華胥之國)』을 쓰고
이연자득(怡然自得, 스스로 즐거워하고 만족해 함)했다. 혹
은 오제 중의 첫 황제라고도 한다. 노자(老子)는 춘추시대의

사상가로 도교를 창시했으며 성은 이(李), 이름은 이(耳)며 자는 담(聃)이었다. 『도덕경』 오천언(五千言)을 지어 도교의 경전으로 삼았다.

주6 姬公仲尼

희공(姬公)은 서주(西周) 초기의 정치가인 주공(周公)이다. 성은 희(姬), 이름은 숙단(叔旦)으로, 문왕(文王)의 아들이고 무왕(武王)의 동생이며 성왕(成王)의 숙부(叔父)다. 무왕이 죽고 어린 성왕의 섭정(攝政)이 되어 무경(武庚), 관숙(管叔), 채숙(蔡叔) 등의 반도(叛徒, 반란을 꾀하거나 그에 가담한 무리)를 없애고, 전장(典章)과 제도를 고치고 낙읍(洛邑)을 동도(東都)로 삼아 통치의 중심으로 삼았다. 왕권을 확립하고 덕치(德治)를 중시하며 예(禮)를 존중했다.

子曰 甚矣 吾衰也 久矣吾不復夢見周公

자왈 심의 오쇠야 구의오불부몽견주공

공자가 가로되 "나 정말 많이 늙었구나.
오랫동안 꿈속에서 주공을 뵙지 못했네."

　　　　　　　　　　　　　　　　—『논어』, 「술이」

日高丈五睡正濃 軍將叩門驚周公

일고장오수정농 군장고문경주공

—노동, 「칠완다가」

周公戒伯禽曰 我文王之子 주공계백금왈 아문왕지자

武王之弟 成王之叔父 무왕지제 성왕지숙부

我於天下亦不賤矣 아어천하역불천의

然我一沐三握髮 一飯三吐哺 연아일목삼악발 일반삼토포

起以待士 猶恐失天下之賢人 기이대사 유공실천하지현인

주공이 백금에게 훈계하여 가로되

"나는 문왕의 아들이요 무왕의 동생이며

성왕의 숙부이니, 천하에 귀한 신분이다.

그러나 내가 한 번 머리 감을 때 세 번이나 걷어 얹고

한 끼 밥을 먹을 때 세 번이나 뱉으면서 일어나

선비를 맞이하는 것은 세상의 현인들을 잃을까 두려워서이다."

—『사기』

중니(仲尼)는 춘추(春秋) 말기의 사상가, 정치가, 교육가로 유학의
창시자다. 성은 공(孔), 이름은 구(丘), 자(字)는 중니(仲尼)며 노국(魯

國) 사람이다. 『시경』, 『예기』, 『춘추』 등의 저서를 남겼고, 『논어』에
는 그의 언행과 문인들과의 문답들이 실려 있다.

🍃 의역

더구나 차는 많은 덕을 가졌다. 치자(治者)가 다성(茶性)을 본받아
덕을 쌓고 천명을 받들어 정치에 힘쓰면 온 나라가 일월광화(日月光
華, 해와 달이 밝게 빛남)하고 백성들이 함포고복(含哺敲腹, 실컷 먹
고 배를 두드림)하여 태평세월을 구가하게 된다.

유부와 편작이 인술로 병을 고쳐주는 덕을 베풀 듯이 차는 그가 가
진 모든 약리적 작용으로 사람들을 치료하고 정신적 고뇌에서 해방
시켜주는 어진 덕을 베풀고 있다.

백이와 숙제가 의를 중히 여겼고 양진이 청렴결백했듯이 차에는
조금이라도 이해관계가 개입되어서는 안 된다. 차는 오직 맑고 깨끗
하게 우리를 위무(慰撫)해 준다.

예(禮)를 존중하고 때를 기다리는 두 노인과 수기치인(修己治人)
의 사상으로 자신의 뜻을 펼치기 힘들 때, 물러나 기다리고 때가 되
면 세상을 위해 일하는 사호(四皓)들처럼 차는 아무 말 없이 우리의
심신을 바르게 하도록 일깨우는 덕을 가졌다.

황제가 양생론을 펼치고 노자가 자연에 순응하여 그 이법대로 살면 천수(天壽)를 연장할 수 있다고 했듯이, 차는 우리의 현실적 욕망에서 그것을 떼어놓고 아름다운 선(仙)적 경지에 몰입시키는 촉매제가 된다.

주공이 희생적 정신으로 백성들을 위해 정사에 몰두하고, 공자가 왕도정치(王道政治)에서 예를 가장 중하게 생각하여 예치(禮治)를 확립했듯이 차에는 겸양과 예절이 함께하는 덕이 있다. 곧 차를 마시면서 자신을 돌아보는 시간을 가질 수 있다는 뜻이다.

해설

치자(治者)가 덕을 행하면 파쟁(派爭)이 잠자고 계층 간의 화목을 다져, 나라 안이 평온하여 백성들의 표정과 언사가 순해지고 서로 믿을 수 있게 된다. 이는 바로 정치를 지향하는 군자의 나아갈 길이다. 이때 차는 검덕(儉德)의 정신과 수행력을 길러준다.

『식경』이나 『본초』에서 강조했듯이 차는 우리 몸에 좋은 300여 종이 넘는 구성원소를 가지고 있어 약재로 애용되었다. 이처럼 육체적 정신적인 병을 치료하는 힘이 있으니, 어찌 명의(名醫)의 인술(仁術)을 가졌다 아니 하겠는가.

재물을 탐하지 않거나 눈앞의 권력을 버릴 수 있는 사람은 드물다. 그러나 차는 추위에 아랑곳하지 않고 꽃피우고 어려운 여건에도 곧게 뿌리를 내려, 이 혼탁한 흙탕물 속에 사는 현대인들에게 귀감이 된다.

기(氣)가 청고하면 눈빛이 맑고 많은 사람이 저절로 따른다. 예(禮)를 모르는 사회는 의롭지 못하고 어지럽다. 공자는 그런 나라에 발을 들여놓지 않았다. 백성들이 바른 지도자에게 예로써 대하고 그가 백성들을 바르게 다스리면, 의롭지 않을 일이 없으니 불안해할 까닭이 없다.

태초부터 영원에 대한 희원으로 종교와 선술(仙術)이 생겨, 진시황은 불사약인 금단(金丹)을 많이 먹고 납중독으로 일찍 죽었다. 정녕 오래 살고 싶다면 욕심을 버리고 정신을 맑게 하여 양생에 힘써야 할 것이다. 그러기 위해 우리는 차를 마신다.

정사(政事)를 맡은 사람은 정성을 다해 나랏일을 하는 것이 예(禮)이고, 교육하는 사람은 예를 중하게 가르쳐야 배우는 사람이 바른 정신을 가지게 된다. 삼토반삼악발(三吐飯三握髮)[10]하는 것이 주공의

---

10) 주공이 섭정이 되어 정사를 볼 때, 밥 한 끼 먹을 동안에 찾아오는 이가 있으면 그 밥을 다 먹지 않고 뱉어버리고 만난 것이 세 번이고, 머리 한 번 감는 데에도 찾는 이가 많아서 세 번씩이나 중간에 머리를 말아 올리고 만났다는 고사이니, 즉 정사에 열중할 뿐 아니라, 인재를 놓치지 않으려는 철저한 마음이 있었음을 말한다.

예라며, 육예(六藝) 중 예를 첫째라고 한 것은 공자의 교육정신이다.

그러니 다석(茶席)은 바른 예법과 본마음으로 나를 사람 되게 하는 자리가 된다.

제6절 결말

1

斯乃玉川之所嘗　贊陸子之所嘗

　　　　주1　　　　　주2

사내옥천지소상 찬육자지소상

樂聖兪以之了生　曺鄴以之忘歸

　　주3　　　　　　주4

낙성유이지료생 조업이지망귀

一村春光　靜樂天之心歸

　　　　　　주5

일촌춘광 정낙천지귀심

十年秋月　却東坡之睡神

　　　　　　주6

십년추월 각동파지수신

掃除五害　凌厲八眞　此造物者之蓋有幸

　　주7　　　　주8

소제오해 능려팔진 차조물지지개유행

而吾與古人之所共適者也
주9

이오여고인지소공적자야

豈可與儀狄之狂藥 裂腑爛腸
주10

기가여의적지광약 열부난장

使天之人德損而命促者 同日語哉

사천지인덕손이명촉자 동일어재

 직역

　이것은 옥천자(玉川子)가 맛본 바요. 육우가 마셔보고 기렸으며 매요신이 평생 즐겼고 조업은 집으로 돌아가는 것도 잊었다네. 작은 봄 햇살에도 백락천(白樂天)은 차로 인해 마음의 안정을 얻었고, 동파(소식)도 긴 세월 수마(睡魔)를 좇았다네. 다섯 가지 해로움 쓸어 내고 팔진(八眞)을 향해 나가노라. 이는 조물주가 은총을 베풀어 옛사람과 더불어 즐기는 바일세.

　어찌 의적(夏代, 술을 처음 만든 사람)이 만든 광약이 장부를 찢고 뭉그러뜨리는 것과 비교하리. 더구나 사람들로 하여금 하늘이 내린 덕을 손상시키고 목숨을 재촉하게 하는 술과 함께 얘기할 수 있으리.

주

주1 玉川

당(唐)대의 다시인(茶詩人)인 노동(盧仝, 796~835)이다. 그
는 호를 옥천자(玉川子)라 한 하남(河南)의 제원(濟源) 사람
이다. 젊어서 소실산(少室山)에 들어가 열심히 공부했으며,
성격이 심히 굳고 깨끗하여 벼슬하지 않았다. 스스로 "위로
천자를 섬기지 않고, 아래로는 제후들과 관계를 맺지 않겠
다[上不事天子 下不識侯王]"고 했다. 조정(朝廷)에서 간의
대부(諫議大夫)로 초청했으나 나아가지 않았다. 그러다 감
로(甘露)의 변(變)이 일어났을 때, 왕애(王涯)의 집에 갔다가
죽었다. 차를 좋아해서 「주필사맹간의기신다」라는 명시를
남겼다.

주2 陸子

『다경』의 저자 육우를 말한다.

주3 聖兪

북송(北宋) 시인 매요신(1002~1060)의 자(字)다. 안휘(安徽)

선성(宣城) 사람으로 선성의 옛 이름을 따서 완릉선생(宛陵先生)이라 했고 상서도관원외랑(尙書都官員外郎)을 지냈다. 유미주의적인 서곤파(西崑派)에 반대하여 사물을 그릴 때 항상 눈앞에 보듯이 묘사해야 하며, 그 속에 많은 뜻이 언외(言外)에 깃들어야 한다고 주장했다. 차를 좋아해서 고향 아산차(雅山茶)를 항시 휴대했고, 「남유가명부(南有佳茗賦)」를 짓고, 『완릉선생집(宛陵先生集)』 60권을 남겼다. 그는 수많은 다시를 남겼는데, 그의 시는 심원한담(深遠閑淡)하고 정치(精緻)했다.

中流淸且平 捨楫任舟行 중류청차평 사즙임주행

중류는 맑고 잔잔해서 노를 배에게 맡겨 둔다네.

ㅡ「범계(泛溪)」

春芽碾白膏 夜火焙紫餠 춘아연백고 야화배자병

봄에 딴 차싹을 맷돌에서 부수고

밤에는 자병을 불에서 굽는다네.

ㅡ「답건주심둔전기신차(答建州沈屯田寄新茶)」

당(唐)대 시인으로 자(字)는 업지(鄴之)이고, 광서(廣西) 계림
(桂林) 사람이며 양주자사(洋州刺史)를 지냈다. 시에 능하고
차를 좋아해서 「사고인기신다(謝故人寄新茶)」를 남겼다.

劍外九華英 緘題下玉京 검외구화영 함제하옥경
開時征月上 硏處亂泉聲 개시정월상 연처난천성
半夜招僧至 孤吟對月烹 반야초승지 고음대월팽
碧澄霞脚碎 香泛乳花輕 벽징하각쇄 향범유화경

검외의 구화영이 잘 봉해져서 옥경에서 내려왔네.

봉한 것 열 때 달빛 환하고

연에 부수어 달이니 샘물소리 들리네.

한밤에 스님 불러 흥얼거리며 달을 끓이니

푸른 안개 피어오르고 차향은 희게 떠오르네.

주5 樂天

당(唐)대 시인 백거이(白居易, 772~846)의 자(字)로 만년(晚
年)의 호(號)를 향산거사(香山居士)라 했다. 어려서부터 시재
가 뛰어났고 여러 벼슬을 두루 거치고 여러 주(州)의 자사(刺

史)를 거쳐 형부상서(刑部尚書)를 지냈다. 『백씨장경집(白氏長慶集)』 75권 중에는 다수의 다시가 있다. 그의 「비파행(琵琶行)」, 「장한가(長恨歌)」 등은 인구에 회자하는 명작들이다.

주6 **東坡**

송(宋)대 문호인 소식(1037~1101)의 호(號)가 동파거사(東坡居士)였다. 그는 사천(四川)의 미산(眉山) 사람으로 자(字)를 자첨(子瞻) 혹은 화중(和仲)이라 하고, 왕안석(王安石)의 신법(新法)을 반대하다가 멀리 좌천(左遷)되기도 했다. 후에 예부상서(禮部尚書)를 지냈으며 북송(北宋) 중기 문단의 영수(領袖)라 칭했다. 당송팔대가에 삼부자(三父子)가 다 들만큼 시재(詩材)가 광활, 청신, 웅건하며 사풍(詞風)이 호방했다. 서화에 능하고 차를 좋아하여 많은 주옥같은 다시뿐 아니라 『적벽부』를 위시한 명작들을 남겼다.

주7 **五害**

문자 그대로 다섯 가지 해로움을 말하는데, 다른 기록에 '오해'라는 용어가 쓰인 곳은 발견되지 않는다. 그래서 여러 의견이 있다.

㉠ 윤경혁은 '오해(五害), 즉 수(水)·한(旱)·풍무박상(風霧
雹霜)·려(厲)·충(蟲)의 자연재해'라고 보았다.

㉡ 김길자는 '오욕(五慾), 즉 색(色)·성(聲)·향(香)·미
(味)·촉(觸)'이라 보았다.

이런 견해들은 객관적인 이론의 바탕이 없어서 많은 호응을
얻지 못하고 있다. 이와 관련된 여러 견해들을 참고로 제시
하고 말미에 결론을 내려 한다.

㉠ 용수(龍樹)의 『대지도론(大智度論)』, 정관(貞觀)의 『양서
(梁書)』 「무제기(武帝記)」, 관중(管仲)의 『관자(管子)』에
서는 오식(五識)을 오관(五官─ 耳·目·鼻·口·心)으
로 생기는 색(色)·성(聲)·향(香)·미(味)·촉(觸)으로
보았다.

㉡ 소통(蕭統)의 『문선(文選)』, 유협(劉勰)의 『문심조룡(文心
雕龍)』은 오정(五情)을 희(喜)·로(怒)·애(哀)·락(樂)·
원(怨)으로 보았다.

㉢ 『소문(素問)』에 오악(五惡)은 심악렬(心惡烈)·폐악한(肺
惡寒)·간악풍(肝惡風)·비악습(脾惡濕)·신악조(腎惡

燥)라 나온다.

ⓔ『순자(荀子)』에 오기(五綦)는 눈·귀·입·코·마음 다
섯 가지로 나온다.

謂目耳口鼻心 五者 各極其情 위목이구비심 오자 각극기정

夫人之情 目欲綦色 부인지정 목욕기색

耳欲綦聲 口欲綦味 이욕기성 구욕기미

鼻欲綦臭 心欲綦佚 비욕기취 심욕기일

此五綦者 人情之所必不免也 차오기자 인정지소필불면야

눈·귀·입·코·마음 이 다섯 가지는 각각 그 정이 극한 것이다.

무릇 사람의 정은 눈으로 색을 보고 싶어 하고

귀로 소리를 듣고 싶어 하고, 입으로 맛을 보고 싶어 하고

코로 냄새를 맡고 싶어 하고, 마음은 편하고 싶어 하니

이 다섯 가지 하고 싶은 것은 사람의 정으로서 피할 수가 없다.

—『순자(荀子)』

주8 八眞

'오해'와 마찬가지로, 다른 기록에서 '팔진'이라는 용어는 발
견되지 않는다.

㉠장영동은 팔진을 건(健)·설(說)·명(明)·동(動)·손(遜)·

함(陷)·지(止)·순(順)으로 보았다.

ⓛ 김길자는 팔조목(八條目)을 격물(格物)·치지(致知)·성의
(誠意)·정심(正心)·수신(修身)·제가(齊家)·치국(治
國)·평천하(平天下)로 보았다.

ⓒ 『대품경(大品經)』에는 팔정(八正)이 정견(正見)·정사유
(正思惟)·정어(正語)·정업(正業)·정명(正命)·정정진
(正精進)·정념(正念)·정정(正定)으로 나온다.

ⓔ 『장자(莊子)』「제물론(齊物論)」에 팔덕(八德)은 유좌(有
左)·유우(有右)·유론(有倫)·유의(有義)·유분(有分)·유
변(有辯)·유경(有競)·유쟁(有爭)으로 나온다.

ⓜ 『팔종품행(八種品行)』에서 팔행(八行)은 효(孝)·제(悌)·목
(睦)·인(姻)·임(任)·충(忠)·화(和)·휼(恤)로 나온다.

ⓗ 『송사(宋史)』「휘종(徽宗)」에 "갑진(甲辰) 입팔행취사과
(立八行取士科)"란 문장이 나온다.

이상에서 오해(五害)와 팔진(八眞)에 관한 여러 견해와 자료
들을 살펴보았다. 필자는 이 둘을 상대적인 개념으로 보고
썼으니, 한쪽은 불가적인 견해로 보고 다른 쪽은 도가적인 견
해로 봐서는 안 된다. 그리고 한재가 정통적인 정주학의 도

학사상에 충실한 선비였다는 것을 상정할 때, 오해(五害)는 오식(五識)이나 오정(五情)의 개념으로 해석하는 것이 옳다. 오식이 불교적이기도 하지만 『양서』「무제기」나 『관자(管子)』 등의 유가 서적에도 익숙히 나온 것이니 문제될 것이 없다. 그리고 팔진도 같은 선상에서 생각하면 팔조목(八條目)은 차와 거리가 있고, 팔행 쪽에 가깝다고 볼 수 있다. 차의 정신적인 면이 강조되었다고 보면 더욱 확실해진다.

주9 **吾與古人之所共適者**

是造物者之無盡藏也 而吾與子之所共適

시조물자지무진장야 이오여자지소공적

이것이 바로 조물주의 능력이 끝없이 무한한 바이다.

그래서 그대와 내가 이렇게 함께 마음껏 즐길 수 있다네.

—『적벽부』

주10 **儀狄之狂藥**

의적(儀狄)은 하우(夏禹) 때 술을 잘 빚었던 사람으로 '의적이 만든 술'을 의미한다.

昔者帝女 令儀狄作酒而美 석자제녀 영의적작주이미

進之禹 禹飮而甘之 진지우 우음이감지

遂疏儀狄 絶旨酒曰 수소의적 절지주왈

後世必有以酒亡其國者 후세필유이주망기국자

옛적에 제녀가 의적으로 하여금 맛있는 술을 만들게 해서 우왕에게 바치니

우왕이 맛있게 마시고 의적에게 "술 만들기를 그쳐라.

후세에 반드시 술로 망하는 나라가 있을 것이다."

—유향(劉向), 『전국책(戰國策)』

🍃 의역

옥천자나 육우 같은 차의 명인들이 마시고 즐기며 그토록 찬양했고, 매요신이나 조업 같은 이도 다심(茶心)에 젖어 삼매경에 들어서 모든 것을 잊을 정도로 좋아했다네. 차인으로 선다일미(禪茶一味)의 경지에 이른 백거이도 차로써 선에 이르렀고, 소식 같은 문인들도 평생 동안 잠을 쫓을 때는 차를 마셨다네.

차는 인간의 기본적 욕망까지 버리고 팔진(八眞)을 향해 힘쓰게 하니, 이는 조물주가 우리에게 내리는 은총으로 옛사람과 내가 한가지로 즐길 수 있는 바이다. 술은 마시면 마음이 들뜨고 우리의 건강

을 심하게 해치며, 사람들로 하여금 하늘이 내려준 덕을 손상시키고 목숨을 재촉하게 하는 것이니, 어찌 차원이 다른 차와 비교해 말할 수 있으리.

🍃 해설

다성(茶性)의 심오한 경지를 터득하여 칠완다(七椀茶)를 노래해 뭇 차인들의 정신세계를 밝혀준 노동이나, 약용으로 쓰인 차를 자기 수양의 기호음료로 바꾸어 놓는 데 일생을 바친 육우 같은 이가 차에 그토록 매료되었으니 더 말할 것이 무엇이 있겠는가.

자신의 고향에서 생산되는 아산차를 언제나 휴대하고 다니며 마시고 주옥같은 다시를 남긴 매요신이나, 달빛 아래에서 스님과 시를 읊조리며 차를 끓이던 조업 같은 이도 다심(茶心)에 젖으면서 세속을 잊고 즐거움에 취했다.

별차인(別茶人)의 칭호를 받으며 여러 지방의 자사(刺使)를 지내며 선에 몰두하여 귀종(歸宗)과 도림(道林)의 남북선(南北禪)을 섭렵한 향산 거사는 자연의 이법을 거스르지 않고 살아가는 방법을 차에서 체득해 평상심을 잃지 않았다. 더구나 혜산천수(惠山泉水)를 좋아하여 직접 차 끓이기를 즐긴 동파도 책을 읽거나 마음을 가다듬을 때는 차를 마셨으니, 문학과 예술이나 정치와 경제 부면에 성공한 사람들은 거의 차에서 그 에너지를 얻은 듯하다.

인간의 속성이 욕망을 이루기 위해 노력하는 것이므로 그것을 자제하고 포기하기란 무척 어려운 일이다. 그런데 그 어려운 관문을 통과하여 고양된 정신세계를 이룰 수 있도록 차를 우리에게 보내준 것은 자연이 내린 큰 혜택이다. 위에 적은 사람들 외에 얼마나 많은 사람들이 그 혜택을 누렸겠는가.

살아가는 동안 겪는 희로애락의 모든 감정을 그때마다 환락과 비탄에 젖게 돕는 것이 술이다. 과음은 부조(父祖)로부터 받은 몸을 병들게 하고 정신까지 흔들어 놓아 결국에는 목숨을 재촉하고 만다.

술뿐이겠는가. 음식도 기름지고 맛있는 것만 찾아 함부로 먹으면 그렇지 않겠는가.

오직 차만이 중용을 지키게 하고 심신을 바르게 하는 것이니, 술이나 다른 음식들과 동일선상에서 비교할 수 있으랴. 이에 개인은 물론 공인(公人)의 위치에 있는 이들은 응당히 차의 본성을 배워봄직 하다고 하겠다.

喜而歌曰 我生世兮 風波惡
주1

희이가왈 아생세혜 풍파악

如志乎養生 捨汝而何求
주2

여지호양생 사여이하구

我携爾飮 爾從我遊 花朝月暮 樂且無斁
주3

아휴이음 이종아유 화조월모 낙차무역

傍有天君 懼然戒曰 生者死之本 死者生之根
주4

방유천군 구연계왈 생자사지본 사자생지근

單治內而外凋 稅著論而蹈艱
주5

단치내이외조 혜저론이도간

曷若泛虛舟於智水 樹嘉穀於仁山
주6   주7

갈약범허주어지수 수가곡어인산

神動氣而入妙 樂不圖而自至
주8

신동기이입묘 낙부도이자지

是亦吾心之茶 又何必求乎彼也
주9

시역오심지차 우하필구호피야

직역

흔연히 노래하노라. 내 세상에 태어남에 세파 모질기도 한데, 나의
뜻을 양생에 둔다면 너(차)를 두고 무엇을 구하리. 내 언제나 너를 지
니고 다니고, 너 또한 나와 더불어 있으며, 꽃 피는 아침과 달 뜨는 저
녁에 끝없이 즐겼노라.

옆에 천군(天君, 마음)이 있으니 두려워 경계해 가로되, 산다는 것
은 죽음의 근본이고 죽는다는 것은 사는 것의 뿌리다. 안만을 다스리
면 밖이 시든다고 혜강은 『양생론』을 지어 어려움을 이기려 했으나,
어찌 차를 마셔 텅 빈 배를 지자의 물에 띄우고, 인자의 산에 좋은 곡
식을 심어 은혜를 베푸는 것과 같겠는가.

정신이 기운을 움직여 묘경(妙境)에 이르면 이 또한 내 마음의 차
이거늘, 굳이 밖에서 구하겠는가.

 주

주1 風波惡

풍파 곧 세파(世波)이니 인생살이가 모질고 힘듦을 말한다.

주2 **如志乎養生**

'양생에 뜻을 둔다면'으로 해석한다. 여기서 양생은 자신의 건강과 섭생에 유념하여 부조(父祖)에게서 물려받은 몸이 천명(天命)을 다하여 수신(修身)과 제가(齊家), 나아가 치국(治國)의 이상을 실현하는 군자의 도에 이르는 데 힘쓰려는 것이 목적이다.

주3 **我携爾飲 爾從我遊 花朝月暮 樂且無斁**

상대를 진정 좋아하면 그 순일(純一)하고 일관됨이 변하지 않고 즐겁기 한량없는 것이다. 그러니 마음에서 한 번도 잊어본 일이 없이 불가불리(不可不離)의 확고한 안정감을 가져서 다른 생각이 스며들 여지가 없다. 이것이 군자의 길이다.

夫道不欲雜 雜則多 多則擾 擾則憂 憂則不救

부도불욕잡 잡즉다 다즉요 요즉우 우즉불구

무릇 진리란 다른 것과 섞이면 안 된다.

섞이면 많아지고, 많으면 시끄럽고

시끄러우면 근심이 생기고, 근심이 생기면 구할 수 없게 된다.

—『장자』,「인간세(人間世)」

傍有天君

옆에 하늘이 상존(常存)하고 있다는 말은 천도(天道)를 어기지
않음을 의미한다. 하늘이란 윤리의 절대 기준이기 때문이다.

주5 嵇著論而蹈艱

혜강(嵇康)이 『양생론』을 지어서 어려움을 넘어보려 했다.
혜강은 63쪽의 주3을 참고한다.

주6 泛虛舟於智水

빈 배를 지혜의 물에 띄운다. 이는 한재 사상의 중요한 부분
으로 무집착 무간택(無執着 無揀擇)이란 무주(無住)의 경지
를 말한다.

儒必斥莊子爲其說之怪也

유필척장자위기설지괴야

或有不怪者 則聖賢必不棄矣 況如吾者乎

혹유불괴자 즉성현필불기의 황여오자호

其人間世篇 虛室生白之說 不怪矣

기인간세편 허실생백지설 불괴의

要其歸 則猶孟子之言浩然 朱子之言虛靈不昧也

요기귀 즉유맹자지언호연 주자지언허령불매야

유가에서 반드시 장자를 배척하는 것은

그의 이론이 괴이하기 때문이다.

혹 그의 이론 중에 괴이하지 않는 것이 있다면

성현들도 반드시 버리지 않았으니

하물며 우리같이 평범한 사람들은 당연히 버리지 못한다.

『장자』의 「인간세」편에 나오는 '허실생백'의 이론은

괴이한 것이 아니다.

그 결론을 요약해서 말한다면

맹자가 말한 호연지기나 주자의 허령불매의 이론과 같다.

—『허실생백부』

回曰 敢問心齋 仲尼曰 若一 회왈 감문심재 중니왈 약일

無聽之以耳而 聽之以心 무청지이이이 청지이심

無聽之以心 而聽之以氣 무청지이심 이청지이기

聽止於耳 心止於符 청지어이 심지어부

氣也者虛而待物者也 기야자허이대물자야

唯道集虛 虛者心齋也 유도집허 허자심제아

...

絶迹易 無行地難 절적이 무행지난

爲人使易以僞 爲天使難以僞 위인사이이위 위천사난이위

聞以有翼飛者矣 未聞以無翼飛者也

문이유익비자의 미문이무익비자야

瞻彼闋者 虛室生白 吉祥止止 첨피결자 허실생백 길상지지

夫且不止 是之謂坐馳 부차불지 시지위좌치

夫徇耳目 內通而外於心知 부순이목 내통이외어심지

鬼神將來舍 而況人乎 귀신장래사 이황인호

是萬物之化也 시만물지화야

회가 묻기를 마음의 재계(齋戒)는 어떻게 해야 합니까?

공자가 가로되 "너의 뜻을 하나로 모아라.

그리고 귀로 듣지 말고 마음으로 듣고, 마음으로 듣지 말고

기(氣, 우주적인 직관)로 들어라.

귀로 듣는 것은 (단순히 감각으로) 귀에 그칠 뿐이고

마음으로 듣는 것은 다만 신호(증험)에 그칠 뿐이다.

이때 기를 텅 비움으로써 밖에서 들어오는 것을 받을 수 있다.

오직 도란 빈 곳이라야 모인다.

허하게 만드는 것이 곧 심재이다.

...

발자국을 없이하고 걷는 것은 쉽지만

걸으면서 땅을 밟지 않는 것은 어렵다.

사람의 작위적인 것에 몸을 맡기는 사람은 거짓되기 쉽고

하늘의 이치에 몸을 맡기는 사람은 거짓되기 어렵다.

날개 달린 것이 나는 것은 (네가) 듣는 것이지만

날개 없이 난다는 것은 듣지 못한다.

저 텅 빈 곳을 보면 거기에 밝음이 있고, 행운이 머무르고 있다.

만약 이것이 머물지 않으면

앉아 있어도 마음은 계속 달리고 있는 것이다.

귀와 눈에 비치는 대로 마음으로 받아들이고

자신의 주장과 간택하는 마음을 버린다면

신령들도 장차 마음속에 들어올 것이니

하물며 사람들이야 말해서 무엇 하겠는가.

이것이 바로 만물이 (덕에) 감화되는 것이다."

—『장자』, 「인간세」

墮枝體 黜聰明 離形去知 同於大通 此謂坐忘

휴지체 출총명 이형거시 동어대통 차위좌망

몸통과 지체를 허물고 이성과 의식을 쫓아낸다.

형상과 지식의 속박에서 벗어나 무한의 세계와 합쳐지는 경지,

그것이 좌망이다.

　　　　　　　　　　　　　　　　　—『장자』, 「대종사(大宗師)」

주7　樹嘉穀於仁山

인(仁)이라는 산에 이처럼 좋은 차나무를 심는다는 것은 선
구자가 할 수 있는 최선의 방법이다.

子曰 知者樂水 仁者樂山 자왈 지자요수 인자요산

知者動 仁者靜 지자동 인자정

知者樂 仁者壽 지자락 인자수

[註] 樂喜好也 낙희호야

知者 達於事理而周流無滯 지자 달어사리이주류무체

有似於水 故樂水 유사어수 고요수

仁者安於義理而厚重不遷 인자안어의리이후중불천

有似於山 故樂山 유사어산 고요산

動靜以體言 樂壽以效言也 동정이체언 낙수이효언야

動而不括故樂 靜而有常故壽 동이불괄고락 정이유상고수

공자가 말하기를 지자(智者)는 물을 좋아하고

인자(仁者)는 산을 좋아하며

지자는 동적이고 인자는 정적이며

지자는 낙천적이고 인자는 장수한다.

낙(樂)은 기뻐하고 좋아함이다.

지자는 사리에 통달하여 두루 흘러 통하고 막힘이 없어서

물과 비슷하여 물을 좋아하고

인자는 의리에 맞아야 편안하고 생각이 중후하여 옮기지 않아

산과 비슷하므로 산을 좋아한다.

동(動)과 정(靜)은 체득(體得)으로 말한 것이고

낙(樂)과 수(壽)는 효과로 말한 것이다.

움직여서 막히지 않으므로 즐거워하는 것이요

고요하여 일정하므로 장수하는 것이다.

—『논어』,「옹야(雍也)」

주8 神動氣而入妙

　정신이 기운을 움직여 묘경에 이른다.

精通靈而感物兮 神動氣而入妙 정통령이감물혜 신동기이입묘

정(精)이 영(靈)을 통하니 사물이 느껍고

신이 기를 통하니 현묘한 경지에 이르네.

—한재, 『허실생백부』

주9　吾心之茶

소아(小我)가 대아(大我)로, 형(形)이 심(心)으로 확대되어 가
는 경지다.

傳曰 誠者天也 誠之者人也 則天人之性一也

전왈 성자천야 성지자인야 즉천인지성일야

記曰 人心之靜 出乎天 則天人之心一也

기왈 인심지정 출호천 즉천인지심일야

易曰 天行健 君子以自强不息 則天人之道一也

역왈 천행건 군자이자강불식 즉천인지도일야

書曰 天道福善禍淫 則天人好惡一也

서왈 천도복선화음 즉천인호오일야

故曰 天之性則吾之性 天之心則吾之心

고왈 천지성즉오지성 천지심즉오지심

天之道則吾之道 天之好惡則吾之好惡

천지도즉오지도 천지호오즉오지호오

然則吾人方寸間 亦有一天也

연즉오인방촌간 역유일천야

경전에 이르기를

"성실한 것은 하늘이고 성실하게 하는 것은 사람"이라 했으니

곧 하늘과 사람의 성은 한가지이다.

『예기』에 이르기를

"사람 마음이 고요한 것은 하늘에서 나온 것이다"고 했으니

하늘과 사람의 마음이 같은 것이다.

『역경』에 이르기를 "하늘이 굳건하게 행하니

사람도 스스로 강하게 쉬지 않는다"고 했으니

하늘과 사람의 도가 같은 것이다.

『서경』에 이르기를

"하늘의 도는 착하면 복을 주고 음탕하면 화를 내린다"고 했으니

곧 하늘과 사람이 좋아하고 미워함이 한가지이다.

까닭에 하늘의 성이 곧 나의 성이요, 하늘의 마음이 내 마음이며

하늘의 도가 나의 도이고, 하늘이 좋아하고 싫어하는 바가

내가 좋아하고 싫어하는 바이다.

그러니 우리의 마음속에 또 하늘이 있는 것이다.

—한재, 「천도책」

 의역

내가 세상에 태어나 모진 세파를 이겨나가며 양생과 양지(養志)에 힘쓸 수 있었던 것도 오직 차가 있었기 때문이었다네. 내가 너(차)의 본성을 좋아해 한시도 잊거나 멀리한 적 없었고, 언제나 마음 가다듬고 자신을 경계하며 옳은 일이라면 생사를 초월하여 행했다네. 안과 밖을 모두 돌보며 아무리 양생에 힘쓴다 한들, 차를 마셔서 지혜를 얻고 주변에 어진 덕을 베푸는 것과 같으리오.

정신과 기운이 조화로이 융합해서 묘용(妙用)의 경지에 이르면 저절로 무한히 즐거우리. 이 모든 것이 내 마음속에서 작용하는 것이거늘, 어찌 나 이외의 다른 데서 찾을 수 있으리.

해설

돌이켜 보면 우리가 세상에 태어남 자체가 모진 번뇌의 고해(苦海)로 든 것이니, 험난한 물결이 많고 조석(朝夕)으로 변하는 인심(人

心) 속에 살아가기 힘들게 마련이다. 이런 난관을 뚫고 큰 이상을 실현하기 위해 뜻을 굽히지 않고 매진하려면 차가 아니면 어디에서 힘과 위안을 얻을 수 있겠는가. 그래서 차를 가까이한 나 또한 기쁘기 그지없다.

"내 한시도 차를 잊은 적 없으니 아름다운 자연과 함께할 때나 좋은 사람과 같이 있을 때나 마시면서 기뻐하고 한없이 즐겼노라."

이는 한재가 차를 마시면서 언제나 천도(天道)를 잊은 일 없이 옷깃을 여미면서 정말 올바른 길이 어떤 것이며, 목숨보다 중한 것은 무엇인가를 잊은 적이 없었다는 표현이다. 즉 "성실한 것은 하늘의 도이고, 성실하게 하는 것은 사람의 도이다"라는 선현의 말에서 연유된 생각이다. 이는 곧 "하늘의 성(性)이 나의 성(性)이고, 하늘의 마음이 곧 내 마음이니 내 마음속에 하늘의 마음이 있다"는 그의 글에서 확인할 수 있다. 실로 초탈불기(超脫不羈)한 드넓은 사상이 아닐 수 없다.

하늘과 부조(父祖)가 내린 소중한 생명도 대의를 위해 못 버릴 것 없음은 그의 생사관(生死觀)이다. 이상을 실현하기 위해 한 몸을 희생해야 할 때가 오면 당당하고 보람되게 목숨을 바쳐 자기의 이상의 꽃이 다음 세상에 피어나는 데 거름이 되겠다는 생각이다.

이 같은 격렬한 각오가 있더라도 차를 마실 때는 각박한 헌실에서

한 발 물러나 다심(茶心)에 젖는다. 인자와 지자가 요산요수(樂山樂水)의 경지에 이르러 주(主)와 객(客)이, 자연과 자신이 하나로 융합하면 정(精)과 영(靈)이 감응하고 신(神)과 기(氣)가 조화를 이루는 묘경에 도달할지니, 굳이 번잡하게 다른 데서 무엇을 얻을 수 있겠는가. 이것이 바로 도학(道學)정신과 낙도(樂道)정신이 이상적으로 융합을 이룬 결과라 할 것이다.

한재의 음다기풍과 핵심적 사상이 이 끝 부분에서 맺어져 읽는 이를 숙연하게 한다.

『다부』 주해를 마치며

앞에서 이미 말했듯이 한재의 도학 정신이 차 속에 배어 다성(茶性)과 함께 조화롭게 구현된 작품이 바로 『다부』다. 한재는 길지 않은 글 속에서 한국의 선비 정신을 빠짐없이 노래했다. 그의 이상을 아름답게 표출하여 500여 년의 시공을 뛰어넘어 눈앞에서 보는 듯 이글거리는 격렬한 정신을 감득케 한다. 그의 철학은 조선조 말 최한기(崔漢綺)의 『기학(氣學)』보다 수백 년이나 빠르고 서양의 칸트나 헤겔보다도 훨씬 앞섰다.

그의 문장은 양웅(揚雄)과 상여(相如)에 못지않고 현풍(玄風)이 『사현부(思玄賦)』를 넘을 만하다. 그러나 그 속에는 누구도 따르지 못할 만한 언순이의절(言順而義切)하고 다화이불부(多華而不浮)하여 피사이모덕(避邪而慕德)한 숭고한 정신이 있다.[11]

이런 심오한 명저를 감히 분석하고, 주관적이며 임의적으로 해석해서 혹 한재의 뜻을 잘못 전달했을까 하는 염려가 없는 것은 아니나, 필자 나름대로 깊이 사려해서 옮기려고 애썼다. 다만 부분마다 자세한 주석이 필요했으나 과유불급(過猶不及)의 마음으로 더 자상히 싣지 못하고 여기서 줄이는 것이 아쉽다.

서산 류건집

---

11) 말이나 글이 부드러우면서 옳은 것에 대한 의지는 절실하고, 아름다운 구절은 많으나 도리에 어긋나게 음탕하진 않으며, 사악함은 피하고 덕성을 따른다.

茶賦 并序

九人之於物或玩焉或味焉樂之終身而

無厭者其性矣乎若李白之於月劉伯倫

之於酒其所好雖殊而樂之至則一也余

於茶越乎其莫之知自讀陸氏經稍得其

性心甚珍之昔中散樂琴而賦彭澤愛菊

而歌其於微尚加顯矣況茶之功最高而

未有頌之者若廢賢焉不亦謬乎於是考

其名驗其産上下其品爲之賦或曰茶自

8-1

入稅反爲入病予欲云云乎對曰朕然是

豈天生物之本意乎人也非茶也且余有

疾**不**眠及此云其辭曰

有物於此厥類孔多曰茗曰荈曰葭曰仙掌

雷鳴鳥嘴雀舌頭金蠟面龍鳳召的山提勝金

靈草薄側仙芝嬾蘂運慶福祿華英來泉翎毛

指合清口獨行金茗玉津雨前雨後先春早春

進寶雙溪綠英生黃或散或片或陰或陽含天

地之粹氣呀日月之休光其壤則石橋洗馬太

湖黃梅羅原麻步婺處溫台龍溪荊峽杭蘇明
越商城玉同與廣江福開順劍南信撫饒洪筠
哀昌康岳鄂山同潭鼎宣歙鵶鐘蒙霍蟠柢丘
陵之厚揚柯雨露之澤造其處則蛭蟯崎嶇嶮
巉屼嶂崒喦嵷塘嵊岘剡呀然或放谽然或
絕巘然或隱鞠然或窄其上何所見星斗咫尺
其下何所聞江海吼嘆靈禽兮獰厲異獸今挐
攫奇花瑞草金碧珠璞蓴蓴蕨蔆磊磊落落徒
盧之所趄起魑魅之所逼側於是谷風乍起北
斗轉壁氷胖黃河日躔青陸草有心而未萌木

歸根而欲遷惟彼佳樹百物之先獨步早春自
專其天紫者綠者青者黃者早者晚者短者長
者結根竦幹布葉垂陰黃金芽兮已吐碧玉蕤
兮成林晻曖荟蔚阿那嬋媛翼翼焉與焉若
雲之作篆之興而信夫下之壯觀也洞嘯歸來
薄言采采擷之拤之頁且戴之搴玉甌而自濯
煎石泉而旁觀白氣漲口夏雲之生溪巒也素
濤鱗生春江之壯波瀾也煎聲颷颷霜風之嘯
筲栖也香子泛泛戰艦之飛赤壁也俄自笑而
自酌亂雙眸之明滅於以能輕身者非上品耶

能掃病者非中品耶能慰悶者非次品耶乃把
一瓢露艘脚陋白石之煮擬金丹之熟啜盡一
椀枯腸沃雪啜盡二椀爽魂欲仙其三椀也病
骨醒頭風瘥心兮若魯叟抗志於浮雲鄒老養
氣於浩然其四椀也雄豪發憂忿空氣兮若登
太山而小天下疑此俯仰之不能容其五椀也
色魔驚遁饕尸盲聾身兮若雲裳而羽衣鞭白
鷰於蟾宮其六椀也方寸日月萬類遽篆神兮
若驅巢許而僕夷齊揖上帝於玄虛何七椀之
未半鬱清風之生襟堂閬閶兮孔通隔蓬萊之

蕭森若斯之味極長且妙而論功之不可闕也

當其涼生玉堂夜闌書糊欲破萬卷頗刻不輟

董生唇腐韓子齒齡靡爾也誰鮮其渴其功一

也次則讀賦漢宮上書梁獄枯槁其形憔悴其

色腸一日而九回若火燎乎膈臆靡甬也誰叙

其鬱其功二也次則一札天頒萬國同心星使

傳命列使承臨揖讓之禮餒陳寒暄之慰將訖

靡甬也賓主之情誰愜其功三也次則天台幽

人青城羽客石角噓氣松根鍊精囊中之法欲

試腹內之雷下暘靡爾也三彭之蠱誰征其功

四也次則金谷罷宴兎園回轍宿醉未醒朋肺
若裂靡甯也五夜之醒誰（自註庚人以茶）輙爲輙醒使君其
功五也吾然後知茶之又有六德也使人壽修
有帝堯大舜之德焉使人病已有俞附扁鵲之
德焉使人氣清有伯夷楊震之德焉使人心逸
有二老四皓之德焉使人仙有黄帝老子之德
焉使人禮有姬公仲尼之德焉斯乃玉川之所
嘗贊陸子之所嘗榮聖俞以之了生曹鄴以之
忘歸一村春光静樂天之心機十年秋月却東
坡之睡神掃除五害凌厲八真此造物者之盖

有幸而吾與古人之所共適者也豈可與儀狄

之狂藥裂腑爛腸使天下之人德損而命促者

同日語哉喜而歌曰我生世兮風波惡如志乎

養生捨汝而何求我携爾飲爾從我遊花朝月

暮樂且無斁傍有天君懼然戒曰生者死之本

妖者生之根單治內而外凋嗜著論而蹈艱呂

若泛虛舟於智水樹嘉穀於仁山神動氣而入

妙樂不圖而自至是亦吾心之茶又何必求乎

彼也

✿참고문헌

|국내 단행본|

고영섭, 『한국불학사』, 연기사, 2005

고영진, 『조선시대 사상사를 어떻게 볼 것인가』, 풀빛, 1996

금장태, 『한국의 선비와 선비정신』, 서울대학교출판부, 2001

김길자, 『이목의 차노래』, 두레미디어, 2001

김명배, 『다도학논고』, 대광문화사, 1999

김성원 · 안길환, 『노자와 장자의 철학사상』, 명문당, 2002

김용덕, 『한국의 풍속사』, 밀알, 1994

김원룡, 『한국미술사연구』, 일지사, 1987

김정배, 『한국민족문화의 기원』, 고려대출판부, 1973

라이샤워 · 페어뱅크, 『동양문화사』, 전해종 · 김한규 옮김,

　을유문화사, 1987

류건집, 『한국차문화사 상 · 하』, 이른아침, 2007

문선규, 『한국한문학사』, 정음사, 1970

변태섭, 『한국사통론』, 삼영사, 1992

신형식, 『여말선초 성리학의 수용과 학맥』, 경인문화사 , 2004

영목대졸, 『선이란 무엇인가』, 조벽산 옮김, 홍법원, 1995

윤경혁, 『차문화고전』, 홍익재, 1999

윤경혁, 『차문화연보』, 홍익재, 2005

이기백, 『한국사신론』, 일조각, 1976

이목, 『한재문집』, 한재종중관리위원회, 1981

이세장, 『이평사집』, _____ , 1585

이상백 외, 『한국사』, 을유문화사, 1962

이태진, 『조선유교사회사론』, 지식산업사, 1989

장자, 『장자』, 김동성 옮김, 을유문화사, 1963

정상구, 『다도사상과 다사』, 한국문학사, 1982

정성본, 『선의 역사와 사상』, 불교시대사, 2000

정영선, 『다도철학』, 너럭바위, 2000

조지훈, 『한국문화사서설』, 탐구당, 1964

차주환 외, 『동양의 지혜 '사서'』, 을유문화사, 1965

천병식, 『역사 속의 우리 다인』, 이른아침, 2004

최범술, 『한국의 다도』, 보련각, 1973

최봉영, 『조선시대 유교문화』, 사계절, 1997

최차란, 『한국의 차도』, 화산문화, 2002

한국정신문화연구원, 『고문서집성』 5 · 6 · 7, _____ , 1990

한국정신문화연구원, 『한국사연표』, 동방미디어, 2004

허홍식, 『한국중세사회사자료집』, 아세아문화사, 1972

현상윤, 『조선유학사』, 민중서관, 1954

홍진표 외, 『한국사상대전집』, 동화출판사, 1972

황견, 『고문진보』, 최인욱 옮김, 을유문화사, 1964

|국외 단행본|

구기평, 『다경도설』, 절강촬영출판사, 2003

유원장, 『개옹다사』, 조선총독부 본, 1936

장만방, 『중국다사산론』, 과학출판사, 1989

주자진 외, 『중국다엽역사자료선집』, 농업출판사, 1981

창양경, 『중국양생문화』, 상해고적출판사, 2001

|전집류 및 논문류|

김익수, 「유가의 척불사상」, 『한국사상』19, 한국사상연구회, 1982

민족문화추진회, 『한국문집총간』(인터넷 검색)

송준호, 「조선양반고」, 『한국사론』12, 서울대출판부, 1985

이범직, 「조선초기의 예학」, 『역사교육』, 1986

정성희, 「여말선초의 도학사상연구」, 성균관대학교 박사학위논문, 1988

최영성, 「한재이목의 다부연구」, 『한국사상과문화』, 2003

한국차학회, 『한국차학회지』1~12

❀찾아보기

茶賦 註解 다부 주해

초판 1쇄 발행 2009년 3월 11일
초판 2쇄 발행 2012년 3월 22일

지은이 류건집
펴낸이 김환기
펴낸곳 도서출판 이른아침

주소 서울시 마포구 마포동 324-3 경인빌딩 3층
전화 02-3143-7995
팩스 02-3143-7996
등록 2003년 9월 30일 제 313-2003-00324호
이메일 booksorie@naver.com

ISBN 978-89-93255-21-8 03810